Tucholsky   Wagner   Zola   Scott   Sydow   Freud   Schlegel
Turgenev   Wallace   Fonatne

Twain   Walther von der Vogelweide   Fouqué   Friedrich II. von Preußen
Weber   Freiligrath   Frey
Fechner   Weiße Rose   von Fallersleben   Kant   Ernst   Frommel
Fichte   Richthofen

Engels   Fielding   Hölderlin
Fehrs   Faber   Flaubert   Eichendorff   Tacitus   Dumas
Eliasberg   Ebner Eschenbach
Feuerbach   Maximilian I. von Habsburg   Fock   Eliot   Zweig
Ewald   Vergil

Goethe   Elisabeth von Österreich   London
Mendelssohn   Balzac   Shakespeare   Dostojewski   Ganghofer
Trackl   Lichtenberg   Rathenau   Doyle   Gjellerup
Stevenson   Hambruch
Mommsen   Tolstoi   Lenz   Hanrieder   Droste-Hülshoff
Thoma   von Arnim
Dach   Verne   Hägele   Hauff   Humboldt
Reuter   Rousseau   Hagen   Hauptmann   Gautier
Karrillon   Garschin   Defoe   Baudelaire
Damaschke   Descartes   Hebbel
Hegel   Kussmaul   Herder
Wolfram von Eschenbach   Dickens   Schopenhauer   Rilke   George
Bronner   Darwin   Melville   Grimm   Jerome
Campe   Horváth   Aristoteles   Bebel   Proust
Bismarck   Vigny   Barlach   Voltaire   Federer   Herodot
Gengenbach   Heine
Storm   Casanova   Tersteegen   Gilm   Grillparzer   Georgy
Chamberlain   Lessing   Langbein   Gryphius
Brentano   Lafontaine
Strachwitz   Claudius   Schiller   Kralik   Iffland   Sokrates
Katharina II. von Rußland   Bellamy   Schilling
Gerstäcker   Raabe   Gibbon   Tschechow
Löns   Hesse   Hoffmann   Gogol   Wilde   Gleim   Vulpius
Luther   Heym   Hofmannsthal   Klee   Hölty   Morgenstern
Roth   Heyse   Klopstock   Goedicke
Luxemburg   Puschkin   Homer   Kleist
La Roche   Horaz   Mörike   Musil
Machiavelli   Kierkegaard   Kraft   Kraus
Navarra   Aurel   Musset
Nestroy   Marie de France   Lamprecht   Kind   Kirchhoff   Hugo   Moltke
Nietzsche   Nansen   Laotse   Ipsen   Liebknecht
Marx   Lassalle   Gorki   Klett   Ringelnatz
von Ossietzky   May   Leibniz
vom Stein   Lawrence   Irving
Petalozzi   Platon   Knigge
Sachs   Pückler   Michelangelo   Kafka
Poe   Liebermann   Kock
de Sade   Praetorius   Mistral   Zetkin   Korolenko

Das Volksbuch vom Doktor Faustus

Gustav Schwab

Impressum

Autor: Gustav Schwab
Umschlagkonzept: toepferschumann, Berlin

Verlag: tredition GmbH, Hamburg
ISBN: 978-3-8495-3209-3
Printed in Germany

I

Johannes Faustus, der weitberühmte Schwarzkünstler, ward geboren in der Grafschaft Anhalt, und haben seine Eltern gewohnt in dem Markt oder Flecken Sondwedel: die waren arme fromme Bauersleute. Er hatte aber einen reichen Vetter zu Wittenberg, welcher seines Vaters Bruder war, derselbe hatte keine Leibeserben, darum er denn diesen jungen Faustus, welchen er wegen seines fähigen Geistes herzlich liebgewonnen hatte, an Kindes Statt auferzog und zur Schule fleißig anhielt; worauf dieser mit zunehmendem Alter von ihm auf die Hohe Schule zu Ingolstadt geschickt worden. Hier tat sich der junge Faustus in Künsten und Wissenschaften trefflich hervor, so daß er in der Prüfung eilf andern Meistern der freien Künste vorangesetzt und selbst mit dem Magisterkäppchen geschmückt wurde.

Damals aber, da das alte päpstliche Wesen noch überall im Schwange ging und man hin und wieder viel Segensprechen, Geisterbeschwören, Teufelsbannen und ander abergläubisches Tun trieb, beliebte auch solches dem Faustus überaus. Weil er denn zu böser und gleichgesinnter Gesellschaft, ja unter solche Bursche geriet, welche mit dergleichen abergläubischen Zeichen-Schriften umgingen, die Studien aber auf die Seite setzten, ward er gar bald und leicht verführt. Zu diesem kam noch, daß er sich zu den damals umschweifenden Zigeunern fleißig hielt und von ihnen die Chiromantie, wie man nämlich aus den Händen wahrsagen möge, erlernte: dazu in allerlei Zauberkünste, wo er nur Gelegenheit fand, sich einweihen ließ.

Als er nun in diese Dinge ganz versunken war und sich also den Teufel gar einnehmen ließ, fiel er von der Theologie ab, legte sich mit Fleiß auf die Arzneikunst, erforschte den Himmelslauf, lernte den Leuten, was sie von ihrer Geburtszeit an für Glück und Unglück erleben sollen, verkündigen und wußte mit Kalender- und Almanach-Rechnung wohl umzugehen. Endlich kam er gar auf die Beschwörungen der Geister, welchen er dergestalt nachgrübelte und darin dermaßen zunahm, daß er zuletzt ein ausgemachter Teufelsbeschwörer wurde. Bei seinen Eltern und seinem Vetter wußte er sich indessen recht schlau zu rechtfertigen, brachte auch von der

Universität zu Ingolstadt ein gutes Zeugnis mit; und so war ihm denn der wohlhabende und gutmütige Vetter selbst behülflich, daß er nach dreien Jahren Doktor in der Medizin werden konnte.

*

Seit nun Doktor Faustus solchem teufelischen Wesen sich so gar ergeben, vergaß er dabei Gottes und Seines Worts: und weil er durch den Tod seines Vetters zu Wittenberg zu einem schönen Erbe gelangte, so fand er daselbst bald Gesellschaft seinesgleichen: war nicht mehr viel nüchtern, wurde vielmehr zu allem unlustig und verdrießig. Und obwohl, weil die Barschaft des Vetters bei tägli-chem Fressen, Saufen und Spielen in Abnahme geriet, er sich in etwas der Gesellschaft entschlug, so ward er doch darum bei sol-chem Müßiggang nicht viel besser, sondern trachtete nur stets, wie er andere Gesellschaft, nämlich der Teufel und bösen Geister Kund-schaft, und durch solcher Hülfe zeitliche Freude und tägliches Wohlleben möchte überkommen; weswegen er hin und wieder bei leichtfertigen Leuten allerhand teuflische Bücher, abergläubische Charaktere, gottesvergessene Beschwörungen zusammenraffte, zum öftern abschrieb und sich vorsätzlich darin übte. Unter sol-chem Studium fand er denn nicht nur, daß er selbst mit einem hoch-fliegenden und herrlichen Geiste begabt sei, sondern auch, daß die Geister eine besondere Zuneigung zu ihm hatten. In dieser Mei-nung wurde er noch mehr bekräftigt, als er etliche Mal nacheinan-der in seiner Stube einen seltsamen Schatten an der Wand vorüber-fahren, auch darauf oftmals, wenn er aus seiner Schlafkammer bei Nacht blickte, viel Lichter hin und wieder bis an seine Bettstatt gleichsam fliegen sah und zugleich dabei Laute vernahm, als ob Menschen miteinander leise redeten; dessen er sich denn höchlich erfreuete und in den Stimmen Geister und Gespenster erkannte, jedoch noch nicht so viel Mut hatte, dieselben anzusprechen.

*

Als nun Doktor Faustus in seiner teuflischen Kunst erlernt und studieret, so viel ihm dienlich sein würde, dasjenige zu überkom-men, was er lang zuvor begehret hatte: siehe, da geht er einst an einem heitern Tage aus der Stadt Wittenberg, um einen bequemen und gelegenen Ort zu finden, wo er füglich seine Teufelsbeschwö-rungen ins Werk setzen möchte, und findet auch endlich, ungefähr einer halben Meile Wegs von der Stadt gelegen, einen Wegscheid, welcher fünf Ausfahrten hatte, dabei auch groß und breit und also ein erwünschter Ort war. Hier verblieb er den ganzen Nachmittag, und nachdem der Abend herbeigekommen und er gesehen, daß keine Fuhre mehr oder jemand anders durchging, nahm er einen Reif, wie die Küfer oder Büttner haben, machte daran viel wunderseltsame Charaktere und setzte daneben noch zween andere Zirkel oder Kreise. Und da er solches alles nach Ausweisung der Nekromantie bestermaßen angestellt hatte, ging er in den Wald, der allernächst dabei gelegen war, der Spessart-Wald genannt, und erwartete mit Verlangen die Mitternachtszeit, wo der Mond sein volles Licht haben würde: kaum aber ist die Zeit herbeigekommen, so beschwört er gleich zum Anfang, in den mittleren Reif tretend, unter Verlästerung des göttlichen Namens den Teufel zum ersten und andern und drittenmal.

Kaum waren die Worte recht ausgeredet, da sah er alsobald, während der Mond schon hell schien, eine feurige Kugel anher kommen, die ging dem Kreise zu mit solchem Knallen, gleich als ob eine

Muskete wäre losgebrannt worden, fuhr aber gleich darauf mit einem feurigen Strahl in die Luft, ob welchem allen denn der Doktor Faustus sehr erschrak, so daß er auch aus dem Kreise laufen wollte. Weil er jedoch, dem Reif entwichen, nicht mehr lebendig heimzukommen hoffte, so faßte er sich wieder einen Mut und beschwur den Teufel von neuem auf obige Weise; aber da wollte sich nichts mehr regen noch ein Teufel sehen lassen. Er nahm derhalb eine härtere Beschwörung zur Hand. Alsbald entstand im Wald ein solcher ungestümer Wind und solches Brausen, daß es das Ansehen hatte, als ob alles zu Grunde gehen wollte: kurz darauf rannten etliche Wagen mit Rossen bespannt bei dem Reif in einem Rasen vorbei und machten einen solchen Staub, daß Faustus, bei dem hellen Mondenscheine, nichts sehen konnte. Da endlich, obwohl Doktor Faust, wie leicht zu glauben, so erschrocken und verzagt war, daß er schier auf seinen Füßen nicht mehr stehen konnte und wohl mehr als hundertmal wünschte, daß er hundert Meilen Wegs von da wäre, sah er wider alles Verhoffen, gleich als unter einem Schatten, ein Gespenst oder einen Geist um den Kreis herumwandern. Mutig beschwor er den Geist: er sollte sich erklären, ob er ihm dienen wollte oder nicht? Er sollte nur frei reden. Der Geist gab bald zur Antwort: Er wolle ihm dienen, jedoch mit diesem Bedinge, daß, so er anders etlichen Artikeln nachkommen wolle, welche er ihm vorhalten werde, er die Zeit seines Lebens nicht von ihm scheiden werde. Doktor Faustus vergaß auf dieses all seines vorigen Leides und empfundenen Schreckens und war in seinem Gemüte recht fröhlich und zufrieden, daß er endlich, nach so vielen Sorgen, dasjenige überkommen sollte, wornach sein Herz so lange Zeit verlanget hatte; daher sprach er getrost zu dem Geist: »Wohlan, dieweil du mir dienen willst, so beschwöre ich dich nochmals zum ersten, andern und drittenmal, daß du morgen in meiner Behausung erscheinen sollest; allwo wir denn von allem dem, was ich und du zu tun haben, zur Genüge reden und handeln wollen!« Dieses sagte der Geist dem Doktor Faustus zu: alsobald zertrat dieser den Zirkel mit Füßen, ging mit Freuden heraus, eilte der Stadtpforte zu und erwartete mit sehnlichem Verlangen den bald ankommenden Tag.

*

Nun saß er unter tausenderlei verwirrten Gedanken in seinem Stüblein. Eine, zwei und mehr Stunden laufen vorbei, der Geist will doch nicht erscheinen; hinter, vor und neben sich forschet ohne Unterlaß Doktor Faustus, ob er noch nichts erblicken möge; aber alles vergebens, so daß er sich schon des Geistes und seiner Erscheinung verzeihen wollte: endlich, da ersiehet er zur Mittagszeit etwas nahe bei dem Ofen gleich als einen Schatten hergehen, und dünkte ihm doch, es wäre ein Mensch; bald aber sieht er denselben auf eine andere Weise; daher er denn zur Stunde seine Beschwörung aufs neue anfing und den Geist beschwor, er sollte sich recht sehen lassen. Da ist alsobald der Geist hinter den Ofen gewandert und hat den Kopf als ein Mensch hervorgestreckt, sich sichtbarlich sehen lassen und vor dem Doktor Faustus sich wieder und wieder gebücket und seine Reverenz gemacht. Nach einigem Bedenken begehrte Faust, der Geist sollte hervorgehen und ihm, seinem Versprechen nach, die Punkte vorhalten, unter deren Beding er ihm dienen wolle. Der Geist schlug ihm solches anfangs ab und meinte, er sei so gar weit nicht von ihm, er könne dennoch mit ihm von allerhand nötigen Dingen Unterredung pflegen. Da ereiferte sich Faustus und wollte aufs neue seine Verschwörung anfangen und ihm noch härter zusetzen; das aber war dem Geist nicht gelegen, und so ging er hinter dem Ofen hervor. Da sah nun Faust mehr, als ihm lieb war, denn die Stube ward in einem Augenblick voller Feuerflammen, die sich hin und wieder ausbreiteten; der Geist hatte zwar einen natürlichen Menschenkopf, aber sein ganzer Leib war gar zottig, gleich als eines Bären, und mit feurigen Augen blickte er Faustum an, worüber dieser sehr erschrak und ihm befahl, er sollte sich wieder hinter den Ofen ducken, wie er auch tat. Darauf fragte ihn Doktor Faustus, ob er sich nicht anders denn in einer so abscheulichen und greulichen Gestalt zeigen könnte? Der Geist antwortete: Nein, denn, sagte er, er wäre kein Diener, sondern ein Fürst unter den Geistern; wenn er ihm dasjenige leisten und halten wolle, was er ihm vorhalten werde, so wolle er ihm einen Geist zuschicken, der ihm bis an sein Ende dienen werde, und nicht von ihm weichen, ja in allem und jedem willfahren, was nur seinem Herzen würde belieben zu wünschen und zu begehren.

Auf solchen Vorschlag des Satans antwortete Faust, er solle ihm nur sein Verlangen eröffnen und vorhalten. Der Teufel spricht:»So schreibe sie denn von Wort zu Worten auf, und gib alsdann richtigen Bescheid, es wird dich nicht gereuen! Ich will dir hiermit fünf

Artikel vorschreiben: nimmst du sie an, wohl und gut; wo aber nicht, sollst du mich hinfüro nicht mehr zwingen zu erscheinen, wenn du auch gleich alle deine Kunst zu Rate ziehen würdest.« Also nahm Doktor Faustus seine Feder zur Hand und verzeichnete wie folgt:

1. Er soll Gott und allem himmlischen Heer absagen.
2. Er soll aller Menschen Feind sein und sonderlich derjenigen, so ihn seines bösen Lebens wegen würden strafen wollen.
3. Den Pfaffen und geistlichen Personen soll er nicht gehorchen, sondern sie anfeinden.
4. Zu keiner Kirche gehen, die Predigten nicht besuchen, auch die Sakramente nicht gebrauchen.
5. Den Ehestand hassen, sich in denselben nicht einlassen, nie verehelichen.

Wenn er diese fünf Artikel wolle annehmen, so solle er sie zur Bestätigung mit seinem eigenen Blute bekräftigen und ihm einen Schuldbrief, von seiner eigenen Hand geschrieben, übergeben, alsdann wolle er ihn zu einem Mann machen, der nicht allein alle erdenkliche Lust und Freude haben und die Zeit seines Lebens über genießen solle, sondern es sollte auch seinesgleichen in der Kunst nicht sein.

Doktor Faustus saß hierüber in sehr tiefen Gedanken, und je mehr und öfter er diese greuliche und gottvergessene Artikel übersah und überlas, je schwerer sie ihm zu halten fallen wollten: doch bedachte er sich endlich und meinte, weil doch der Teufel ein Lügner sei und ihm schwerlich alles dasjenige, wonach etwa sein Herz verlangen würde, seiner Zusage nach, schaffen und zuwege bringen würde, so wolle er auch alsdann noch wohl andern Sinnes werden. Und wenn es ja mit der Zeit dahin käme, daß er ihn als sein wahres Unterpfand haben und hinnehmen wollte, so könnte er wohl beizeiten ausreißen und sich wiederum mit der christlichen Kirche versöhnen; würde ihm denn über alles Verhoffen Zeit und Raum zu kurz, sich zu bekehren, so habe er gleichwohl nach seines Herzens Lust und Begierde in dieser Welt gelebt: halte der Geist etwa in einem und anderm keinen Glauben, trotz seiner Zusage, so sei er ihm auch hinwiederum nicht Glauben zu halten schuldig.

So sagte er endlich in Leichtsinn und Gottesvergessenheit zu einem Artikel um den andern laut und unumwunden ja. Der Geist aber, auf des Doktors deutliche Erklärung, wendete nichts weiter ein und sprach:»So komm denn, soviel dir immer möglich ist, diesen Forderungen nach; aber deine eigene Handschrift, mit deinem Blut gezeichnet, wirst du mir geben; stelle es also an, und lege sie auf den Tisch, so will ich sie holen.« Doktor Faustus antwortete:»Wohlan, es ist so gut: aber eines bitte ich dich zum letzten, daß du mir nicht mehr so greulich und in deiner jetzigen Gestalt erscheinen wolltest, sondern etwa in eines Mönchs oder eines andern bekleideten Menschen Gestalt«, welches denn der Geist dem Faustus zusagte und also verschwand.

*

Nachdem nun der höllische Geist gewichen, vielleicht die Zeit zu gewinnen, um die versprochene Handschrift zu fertigen, hätte Faust wohl noch Zeit gehabt, seinen Abfall von Gott mit reuigem, bußfertigen Herzen gutzumachen: allein er trachtete nur dahin, wie er seine Wollust und sein Mütlein in dieser Welt recht abkühlen möchte, und war eben auch der Meinung, welcher jener vornehme Herr gewesen, der unter andern auf dem Reichstage zu etlichen gesagt hat: Himmel hin, Himmel her, ich nehme hier das Meinige, mit dem ich mich auch erlustige, und lasse Himmel Himmel sein; wer weiß, ob die Auferstehung der Toten wahr sei?

So nahm denn Faustus ein spitziges Schreibmesser und öffnete sich an der linken Hand ein Äderlein; das ausfließende Blut faßte er in ein Glas, setzte sich nieder und schrieb mit seinem Blut und eigener Hand nachfolgenden Schuldbrief:

»Ich, Johannes Faustus, Doktor, bekenne hier öffentlich am Tag, nachdem ich jederzeit zu Gemüt gefasset, wie diese Welt mit allerlei Weisheit, Geschicklichkeit, Hoheit begabet und allezeit mit hochverständigen Leuten geblühet hat; dieweil ich denn von Gott dem Schöpfer nicht also erleuchtet und doch der Magie fähig bin, auch dazu meine Natur himmlischen Einflüssen geneigt, zudem auch gewiß und am Tage ist, daß der irdische Gott, den die Welt den Teufel pflegt zu nennen, so erfahren, gewaltig und geschickt ist, daß ihm nichts unmöglich ist; so wende ich mich nun zu ihm, und nach seinem Versprechen soll er mir alles leisten und erfüllen, was mein Herz, Gemüt und Sinn begehret und haben will, und soll an nichts ein Mangel sichtbar werden; und so denn dem also sein wird, so verschreibe ich mich hiermit mit meinem eigenen Blut, welches ich, obwohl ich bekennen muß, daß ich's von dem Gott des Himmels empfangen habe, samt Leib und Gliedmaßen, so mir durch meine Eltern gegeben sind, mit allem, was an mir ist, samt meiner Seele, hiemit diesem irdischen Gott zu Kaufe gebe, und verspreche mich ihm mit Leib und Seele.

Dagegen sage ich vermöge der mir vorgehaltenen Artikel ab allem himmlischen Heer und allem, was Gottes Freund sein mag. Zur Bekräftigung meiner Verheißung will ich diesem allen treulich nachkommen; und dieweil unser aufgerichtetes Bündnis vierundzwanzig Jahr währen soll, so soll denn der Satan, wenn diese Jahre verflossen sind, dieses sein Unterpfand, Leib und Seele, angreifen und darüber zu schalten und zu walten Macht haben: soll auch kein Wort Gottes, auch nicht die solches predigen und vortragen, hierin einige Verhinderung tun, ob sie mich schon bekehren wollten.

Zu Urkund dieser Handschrift habe
ich solche mit meinem eigenen Blute
bekräftiget und eigenhändig geschrieben.

Faustus, Doktor«

*

Als er nun solche gräßliche Verschreibung verfertigt hatte, erschien bald darauf der Teufel in eines grauen Mönchs Gestalt und trat zu ihm, da denn Doktor Faustus ihm seine Handschrift eingehändigt, darauf dieser gesagt:»Fauste, dieweil du denn mir dich also verschrieben hast, so sollst du wissen, daß dir auch soll treulich gedienet werden. Ich jedoch, als der Fürst dieser Welt, diene persönlich keinem Menschen; alles, was unter dem Himmel ist, das ist mein, darum diene ich niemand: aber morgenden Tags will ich dir einen gelehrten und erfahrnen Geist senden, der soll dir die Zeit

deines Lebens dienen und gehorsam sein; sollst dich auch vor ihm
nicht fürchten noch entsetzen, er soll dir in der Gestalt eines grauen
Mönchs, wie ich anjetzo, erscheinen und dienen. Hiermit nehme ich
diese deine Handschrift; und gehabe dich wohl!« Also verschwand
er.

*

Gleich abends, als Doktor Faustus nun zu Nacht gegessen hatte
und kaum in seine Studierstube gekommen war, siehe, da klopft
jemand sittiglich an der Stubentüre, dessen Faustus sonst nicht gewohnt war, zumal die Haustüren allbereits verschlossen waren. Er
merkte aber bald, was es bedeute, und öffnete die Türe: da stand
ihm gegenüber eine lange in grauen Mönchshabit gekleidete Person, dem Ansehen nach eines ziemlichen Alters: denn der Fremde
hatte ein ganz graues Bärtlein; den hieß er alsbald in die Stube gehen und sich zu ihm auf die Bank niedersetzen, welches der Geist
auch getan. Auf das Befragen des Doktors, was denn des Geistes
Geschäft sei, antwortete dieser:»O Fauste, wie hast du mir meine
Herrlichkeit genommen, daß ich nun eines Menschen Diener sein
muß! Dieweil ich aber von unserm Obersten dazu gezwungen worden, muß ich es wohl lassen geschehen. Wenn aber das Ziel wird
erreichet sein, so wird es mir eine kurze Zeit gewesen dünken, dir
aber wird es ein Anfang sein einer unseligen, unendlichen Zeit! So
will ich mich nun von jetzo dir ganz unterwürfig machen, sollst
auch keinen Mangel bei mir haben, ich will dir treulich dienen; so
sollst du dich auch vor mir nicht entsetzen, denn ich bin kein
scheußlicher Teufel, sondern ein Spiritus familiaris, d. i. ein vertrau-
licher Geist, der gerne bei den Menschen wohnet.«

»Wohlan denn«, sagte hierauf Doktor Faustus,»so gelobe mir im
Namen deines Herrn Luzifer, daß du allem fleißig nachkommen
wollest, was ich dir werde zumuten und von dir begehren.« Der
Geist beantwortete solches mit Ja.»Du sollst zugleich wissen«, sagte
er,»daß ich werde Mephistopheles genennet: und bei diesem Namen sollst du mich hinfort jederzeit rufen, wenn du etwas von mir
begehren willst, denn also heiße ich.« Doktor Faustus erfreute sich
hierüber in seinem Gemüte, daß nun sein Begehren einmal zu einem erwünschten Ende gekommen sei, und sprach:»Nun, Mephistopheles, mein getreuer Diener, wie ich verhoffe, so wirst du dich

allezeit gehorsamlich finden lassen und in dieser Gestalt, wie du jetzund erschienen bist. Ziehe nun für dieses Mal wiederum hin bis auf mein ferneres Berufen.« Auf diesen Bescheid bückte sich der Geist und verschwand.

*

Obwohl nun Doktor Faustus vermeinte, es könne ihm hinführo nichts mehr mangeln, weil er einen so getreuen Diener an dem Geist habe, wollte es doch gleichwohl nach und nach an einem und dem andern fehlen. Denn die baren Mittel von der Verlassenschaft seines vor etlichen Jahren verstorbenen Vetters hatten nunmehr ein Ende und war von diesem allen, außer der Behausung, in welcher er wohnte, und etlichen Wiesen und Feldern weniges mehr übrig wegen des vielen Spielens und Bankettierens, zu dem der Erbe sehr geneigt war. Daher hielt er mit seinem Mephistopheles Rat, wie er doch andere Mittel anstatt der verlornen erlangen möchte, damit er eine bessere Haushaltung führen könnte. Der Geist sagte:»Mein Herr Fauste, gib dich zufrieden und beschwere dein Gemüt nicht mit dergleichen kummerhaften Gedanken; sorge doch hinführo für nichts mehr, ich bin ja dein Diener, dein getreuer Diener, und solang du mich haben wirst, sollst du keinen Mangel an irgend etwas haben: darum sollst du nicht sorgen noch trachten, wie deine Haushaltung möge fortgeführet werden, weil du weniges Einkommen hast und das andere fast aufgezehret ist. Denn wenn du nur Schüsseln, Teller, Kannen und Krüge hast, so hast du schon übrig genug; für Essen und Trinken aber darfst du nicht sorgen, ich will dein Koch und Keller sein: dinge nur keine Magd, die es vielleicht verraten möchte; aber einen Famulus oder Jungen magst du wohl haben: ingleichen auch Gäste und gute Freunde, die dir Gutes gönnen und des Deinigen bisher leidlich genossen: die magst du immerhin einladen und berufen und mit ihnen fröhlichen und guten Mutes sein.«

Daß nun dieses Anerbieten des Geistes dem Doktor Faustus erfreulich müsse zu hören gewesen sein, ist wohl zu glauben: allein er wollte fast darob zweifeln, weswegen er auch zum Geist sprach: »Mein lieber Mephistopheles, ich muß doch gleichwohl fragen, wie und woher willst du solches alles überkommen?« Der Geist lächelte hierüber und sprach:»Dafür sorge du nur nicht; aus aller Könige, Fürsten und großer Herren Höfen kann ich dich sattsamlich versehen; an Kleidern, Schuhen und anderm Gewand sollst du auch keinen Mangel leiden. Nur, Getränk' und Speise zu bekommen, dazu mußt du freilich auch das Deinige tun; denn ich weiß nicht, was du am liebsten issest und trinkest: darum was du abends und morgens verlangest und haben willst, das verzeichne und lege das Verzeichnis auf den Tisch, daß ich es hole und alles dir zu rechter Zeit verschaffe.« Dessen erfreute sich Faustus gar sehr und tat dem also, verzeichnete zur Stunde die Kost neben einem guten Trunk zweier oder dreierlei Weingewächse, um zu sehen, ob ihm der Geist auch das getane Versprechen erfüllen würde.

Abends um sieben Uhr wurde ihm hierauf zum erstenmal der Tisch gedeckt, auf welchen denn der Geist ein zierlich vergoldetes Trinkgeschirr setzte. Auf die Frage, woher denn der schöne Becher stamme, antwortete der Geist: er solle danach nicht fragen, er habe ihm dieses in das Haus verehrt, dessen sollte er sich ins Künftige bedienen: worauf Faustus schwieg und zugleich sah, daß Semmeln und andere Dinge mehr auf dem Tische lagen, ja, nicht lang hernach fanden sich da sechs oder acht Gerichte, welche alle warm und auf das beste zugerichtet waren, wie denn auch die Weine nacheinander auf den Tisch gestellt wurden.

*

Da nun Faustus für nichts mehr zu sorgen hatte, woher er Essen, Trinken, Geld und anderes überkäme, brachte er Tag und Nacht im Saus und Brause hin, spielte, fraß und soff mit seinen Zechbrüdern, Goldmachern, etlichen Studiosen so, daß nach einiger Zeit fast jedermann in der Stadt, sonderlich die Nachbarschaft, weil Doktor Faustus sich um nichts mehr bekümmerte, weder um die Praxis noch um seine Äcker und Wiesen, die er von seinem Vetter ererbt hatte, zu zweifeln anfing, ob dieses recht zugehe, weil Faustus nicht von der Luft leben könne, dazu er ohnedem schon wegen Zauberei in ziemlichem Verdacht bei jedermänniglich stand. Diesen Argwohn den Leuten zu benehmen, ermahnte der Geist seinen Herrn, eine bessere Haushaltung zu führen, selbst die Äcker zu besamen, das Heu und Grummet von seinen Wiesen abzumähen und einzubringen, die Frucht zu schneiden und einzuernten: legte sofort in Fausts Namen Hand an und brachte diesen wieder in ehrlicheren Ruf. Es war damals aber eine unbequeme Zeit, und die Frucht nicht wohlgeraten; dennoch schnitt Faustus dreifach soviel von seinen geerbten Gütern, als sein nächster Nachbar tat.

Allein dem Doktor Faust wollte in die Länge dieses eingezogene ehrbare Leben nicht gefallen, er sprach deshalb mit allem Ernst zu seinem Geiste:»Schaffe mir, o Mephistopheles, Geld, woher du es gleich nehmen solltest, denn ich bin gar geneigt zum Spielen, welches ich auch für meine liebste Beschäftigung halte,; damit will ich nicht allein meine Zeit vertreiben, sondern auch außerhalb dieses meines Hauses meine Lust in guten Gesellschaften recht büßen. Meinest du, Mephistopheles, ich habe mich deinem Fürsten, dem Luzifer, so hoch verpflichtet, daß ich ein mönchisches eingezogenes Leben führen wolle? O nein, es ist viel anders gemeint. Schaffe du mir, nach deines Herrn Versprechen, ein gutes Leben auf dieser Welt und verrichte darneben das Meinige wie bisher, um den Leuten den Argwohn zu benehmen.« Mephistopheles antwortete hierauf:»Mein Herr Fauste, was habe ich dir jemals versagt? Habe ich nicht durch Wartung der Felder und Wiesen, durch Einsammlung der Früchte so viel zuwege gebracht, daß du deine Haushaltung hast führen mögen, sondern auch dadurch den Leuten ziemlich aus den Mäulern bist kommen?« Doktor Faustus bejahte solches und sprach:»Es ist wahr, und ich danke dir wegen deines Fleißes und deiner Vorsorge; allein, mein Diener, es wird mir solches zu halten in die Länge beschwerlich fallen, darum will ich nun hiermit mein ganzes Herz vor dir ausschütten; willst du nicht alles dasjenige tun und verrichten, was ich haben will, und mir meine übrige Lebenszeit alle gehörige Notdurft und ersinnliche Ergetzlichkeit verschaffen, so sage ja oder nein.«

Mephistopheles sah wohl, daß sich Doktor Faustus ereifert hatte, und antwortete demnach:»Wohlan, mein Herr, ich bekenne es, daß ich dein Diener und also schuldig bin, dir allen gebührenden Gehorsam zu leisten. Damit du mich nun nicht für einen Lügengeist halten mögest, so sollst du sehen und in der Tat erfahren, daß keine Unwahrheit an mir sei, ich will dir Geld und alles, was du vonnöten hast, zur Genüge verschaffen: aber eines bitte ich dich, dieweil etliche dich eben darum werden anfeinden, daß es dir so wohl ergehet, so halte auch deine mit deinem Blut geschriebene Zusage, daß du alle diejenigen wollest verfolgen, die dich etwa deines Lebens wegen strafen werden, dessen erinnere ich dich nochmals.«

Doktor Faustus gab dem Geist wiederum gute Worte, und dieser erfüllte nun in allem und jedem seinen Willen; Geld ward ihm zugetragen, er wurde mit Kleidung, Schuhen, Bettgewand versehen, an allerhand Speisen und Getränken mangelte es nie, kein Holz kaufte er je, und hatte doch dessen einen großen Vorrat. Hernach aber wollte es der Geist auch nicht mehr schaffen, sondern Doktor Faustus mußte das Seinige dabei tun und mit seiner Kunst etwas zuwege bringen, wie wir bald hören werden.

Doktor Faustus hatte nun gute Tage und tägliches Wohlleben, weil ihm an nichts gemangelt, wonach sein Herz gelüstete; jedoch konnte es unter solcher Zeit nicht wohl fehlen, daß nicht etwa ein einziger guter Gedanke in seinem Herzen hätte sollen aufstehen, der ihm von der Allmacht, Güte und Treue des Gottes, den er ja so schändlich wider besser Wissen und Gewissen verleugnet, hätte sollen heimlich predigen und sein Gewissen rühren; zumalen ihm solches sonst, wegen verbotener Besuchung des Gottesdienstes und verwehrten Genusses des heil. Sakraments, nicht gerühret werden mochte. So sprach er denn einstmals zu sich selber: Ich habe gleichwohl bei mir die heil. Bibel und noch andere christliche Bücher mehr; ich kann in diesen wohl lesen, ob mir gleich die Kirche und der Gottesdienst verboten ist; mit diesen will ich zu Hause meine Kirche anstellen; es muß mein böses Gewissen dem Teufel nicht allezeit offenstehen; es ist doch noch bei mir ein kleines Fünklein einiger Zuversicht und eines Andenkens an Gott! Wer weiß, Gott möchte sich meiner dermaleins noch erbarmen!

Hierauf ist der Geist Mephistopheles zu ihm getreten und hat ihm diese seine Gedanken vorgehalten, sprechend:»Mein Herr Fauste, ich will dir deines jetzigen Vorhabens halber ganz und gar nicht zuwider oder daran hinderlich sein; allein eins bitte ich dich, betrachte wohl, was du in dem vierten Artikel deiner Verschreibung zugesagt und versprochen; das halte, willst du nicht in Unglück geraten. Das Bibelbuch belangend (denn die andern achte ich nicht), soll dir wohl darin zu lesen vergünstiget sein; jedoch nicht mehr als das erste, andere und fünfte Buch Moses; der andern Bücher aller, ohne den Hiob, sollst du müßig gehen. Den Psalter Davids lasse ich nicht zu; desgleichen im Neuen Testament magst du drei Jünger, so von den Taten Christi geschrieben haben, als den Zöllner, Maler und Arzt lesen (der Geist meinte den Matthäus, Marcus und Lucas):

den Johannes meide: den Schwätzer Paulus und andere, so Episteln geschrieben haben, lasse ich auch nicht zu! Darnach wisse dich zu richten. Darum wäre mein Rat, gleichwie du anfänglich in der Theologia studieret, nämlich in den Schriften der Kirchenväter, daß du darin fortfahren möchtest, diese will ich dir nicht verwehren; so hast du dich auch verschworen, du wollest der Dreifaltigkeit absagen, wollest auch davon nichts reden oder viel disputieren, wie ingleichen von den Sakramenten und anderen Glaubenspunkten: so du aber je mit Disputieren dich willst erlustigen, so nimm dazu Anlaß, von den Konzilien, Zeremonien, Messe, Fegfeuer und andern dergleichen Glaubenssachen mehr zu reden!«

Doktor Faustus ereiferte sich und sagte:»Ja, lieber Gesell, du wirst mir nicht allzeit Maß und Ordnung vorschreiben, was ich hierin tun oder lassen soll!« Mephistopheles, ganz erzürnt, gab ihm diese Antwort:»So sage und schwöre ich bei meinem höchsten Herrn, der unter dem Himmel, ein Fürst, ja ein mächtiger und gewaltiger Fürst, regieret, du mußt dieses meiden und die Bücher, die ich dir verboten habe, verfolgen und darin nicht lesen, oder dir soll etwas begegnen, das dir nicht lieb sein wird!«

Faustus antwortete:»Nun leider sehe ich, wie hoch ich mich an Gott vergriffen und wie vermessentlich ich mich durch jene verpflichtet habe, daß ich nicht mehr lesen und reden darf, was doch andere frei und ungehindert tun dürfen; ach, was hab ich getan! – Wohlan«, sagte er weiter,»besagte Bücher der Heiligen Schrift will ich nicht lesen, dazu von Glaubenssachen nicht disputieren; das aber verlange ich von dir, du tuest es gern oder nicht, daß du mir verheißest, mein Prädikant zu sein und mir alles dasjenige, wovon ich gerne einen Unterricht und Wissenschaft haben möchte, kurz und deutlich zu berichten und als ein hocherfahrener Geist zu lehren«: welches ihm denn der Geist treulich zusagte.

Da berichtete ihm denn der Geist ausführlich, zu welcher Klasse von Geistern er selbst gehöre, wieviel der bösen Geister seien, warum der Teufel aus dem Himmel verstoßen worden; er erzählte ihm, wiewohl widerwillig und voll Ingrimm, vom Himmel und den himmlischen Heerscharen, von den Engeln vor Gottes Thron, vom Paradies; dann wieder von der Ordnung der Teufel, von ihrer Hoffnung, dereinst noch selig zu werden, und von der Hölle. Da denn der Geist seine Rede mit den nachdenklichen Worten beschloß: »Wenn ich aber als ein Mensch geboren worden wäre, wie du, o Fauste, so wollte ich Tag und Nacht meine Hände mit Danksagung gegen Gott im Himmel aufheben, daß er Seinen Sohn mit dem menschlichen Fleisch und Blut bekleidet hat; sich des menschlichen Geschlechtes annimmt, daß er es von des Teufels Gewalt erlöse; der Teufel ärgster Feind worden und dem Menschen das ewige Leben gibt; dagegen muß der Teufel in der Hölle wiederum büßen, was er verderbet hat: solcher Erlösung, mein Herr Fauste, bist auch du teilhaftig gewesen, aber nun, wegen deiner zeitlichen Pracht, Ehrgeizes und Hoffart, hast du solche verscherzt und mußt ohne allen Zweifel gleicher Verdammnis mit dem Teufel, den du hiezu gleichwohl herbeigerufen hast, in der Höllen gewärtig sein.« Auf diese ungescheute Aussage des Geistes schwieg Doktor Faust und entließ den Geist.

Als er aber des Nachts zu Bette gegangen, klangen ihm die Reden des Geistes unaufhörlich in den Ohren, wie ein ferner Sturmwind, worüber er seufzte und also mit sich selbst sprach: Ach, du elender und verfluchter Mensch, dir hat Gott Leib und Seele gegeben, diese solltest du besser verwahret haben! Zudem, wie hätte doch Gott der Herr seine Güte, Gnade und Barmherzigkeit reichlicher gegen dich ausschütten oder dir zueignen können, denn daß er seinen einigen Sohn in diese Welt gesendet, auf daß er das verderbte menschliche Geschlecht wiederum zurechtbrächte und die Menschen das ewige Leben hiedurch im Glauben erlangen möchten? Dafür sollte ich ja billig, wie der Geist ganz recht gesagt, mein Leben lang dankbar gewesen sein! Ach! daß ich um eines so kurzen und zeitlichen wollüstigen Lebens willen mich mit dem Teufel also böslich verbunden habe! Nunmehr aber ist es mit meiner Buße und Reue ohne allen Zweifel zu spät. Ach! daß ich nur noch ein kleines Fünklein eines rechten Glaubens hätte zu Christo: oder daß ich Macht und Erlaubnis hätte, mich mit einem Geistlichen zu unterreden, auf daß ich von ihm einigen Trost oder wohl gar die Vergebung meiner schweren Sünde empfinge! Aber von nun an wird es leider viel zu spät sein!

*

So saß denn einmal Doktor Faust, den Kopf in der Hand haltend, daheim in großem Unmut und dachte seinem künftigen bösen Zustande nach, wie er sich so leichtfertig dem Teufel ergeben hätte, der ihn nun nach seinem Gefallen regiere und führe: daher er seinen Geist ob der Mittagsmahlzeit, da er niemand um sich gehabt, fragte, ob ihn denn der Teufel wie andere sichere und gottlose Menschen schon vor längst auch regiert und besessen hätte? Dem gab Mephistopheles zur Antwort: »Ja, dein Herz oder vielmehr dein ganzes Leben war von Jugend auf nicht recht beschaffen noch richtig nach Gottes Wort; daher ward es bald eingenommen, denn wir sahen deine Gedanken, womit du umgingst, und wie du niemand sonst zu deinem Vorhaben möchtest gebrauchen können denn den Teufel; siehe, so machten wir deine Gedanken, womit du umgingest, noch frecher und kecker, auch so begehrlich, daß du Tag und Nacht nicht Ruhe hattest, sondern daß dein Sichten und Trachten nur dahin stand, wie du Zauberei zuwege bringen möchtest: auch da du hernach uns beschwurest, machten wir dich erst so frech und verwegen, daß du dich eher dem Teufel hättest hinführen lassen, ehe du von solchem Zauberwerk wärest abgestanden: hernach verhärteten wir dein Herz noch mehr, bis wir es so weit gebracht, daß du nunmehr von deinem Vornehmen nimmer würdest abstehen, allezeit dahin trachtend, wie du einen Geist möchtest herbeilocken, bis es uns endlich gelungen, daß du dich mit Leib und Seel' unserm Fürsten Luzifer ergeben; was alles dir denn, mein Herr Faust, nicht unbekannt sein kann!«

»Es ist wahr«, sagte hierauf Doktor Faustus, »nun kann ich aber nicht mehr anders tun, auch habe ich mich selbst gefangen; hätte ich gottseligere Gedanken gehabt, mich mit dem Gebet zu Gott gehalten und den Teufel nicht so sehr bei mir einwurzeln lassen, so wäre mir solches alles nicht begegnet; ei, was habe ich getan!« Da antwortete der Geist: »Da siehe du zu.« Also stand Doktor Faustus zur Stunde vom Tisch auf und ging traurig aus dem Haus hin zu guter Gesellschaft, damit er daselbst seine Schwermut und Melancholie besser vertriebe und die Zeit anders zubrächte.

In Wahrheit hatte aber Faust auch ein herrliches Leben voll zeitlicher Macht und Wollust. In einem schönen, stattlichen Hause bewohnte er zwei Säle, dort vernahm man mitten in der Winterszeit den Zusammenklang eines lieblichen Vogelgesanges; die Amsel, die Wachtel schlug fröhlich, die Nachtigall tirilierte unvergleichlich; der Papagei, gegenüber hängend, redete aufs zierlichste: die Zimmer waren mit den schönsten Tapeten behangen, mit herrlichen Gemälden geziert und mit Kostbarkeiten aller Art ausgestattet. Im Vorhofe des anstoßenden Zaubergartens sah man mit Lust indianische Hähne und Hennen, Rebhühner und Haselhühner, Kraniche, Reiher, Schwäne und Störche ohne alle Scheu lustwandeln. Der Garten selbst war nicht sonderlich groß, aber ausbündig herrlich, denn da, wiewohl sonst zur Winterszeit in der Stadt alles mit Schnee bedeckt war, sah man nie Winter, sondern immer nur lustigen, fröhlichen Sommer mit Gewächsen, Laub und Gras und den buntesten Blumen; dazu waren schöne Weinstöcke zu sehen, mit mancherlei Trauben behängt, alle schon reif; bunte Tulpen, gefüllte Josephsstäbe; Narzissen und Rosen blühten und flammten dazwischen. An den Mauern des Gartens der Länge nach waren Granaten-, Pomeranzen-, Limonien- und Zitronenbäume in schnurgeraden Reihen aufgestellt; Kirschen-, Birn- und Apfelbäume standen bunt durcheinander wie ein Wald, und alle hingen immer voll Früchte. Ja, da mochte man erst Wunder sehen, denn da waren Birnbäume, die trugen Datteln, und junge Kirschbäume, daran hingen Feigen; und wiederum an dichten Apfelbäumen waren zeitige schwarze Kastanien zu sehen. Zuoberst im Hause da stand ein schmuckes Taubenhaus, darin flogen Tauben aller Art und von den seltensten Farben, und nicht nur zahme, sondern auch wilde Feldtauben, aus und ein. Unten aber im Hause, vor einem Stall an der Einfahrt, lag des Doktor Faustus großer Zauberhund, der ihm, wenn er aus dem Hause ging, nicht von der Seite wich. Sein Name war Prästigiar oder Hexenmeister; der hatte Augen ganz feuerrot und graulich und schwarzes zottiges Haar; wenn ihm aber Faust über den Rücken fuhr, verwandelte sich seine Farbe und wurde bald grau, bald weiß, bald gelblich oder braun, und das Tier machte gar seltsame Sprünge und Gaukeleien, wenn es mit seinem wunderlichen Herrn, der auch seinen eigenen Schritt hatte, dahinpudelte.

*

Nun lasset Euch aber auch eins um das andere von den lustigen Stücken und Teufeleien erzählen, die der Erzschwarzkünstler Doktor Faustus mit Hülfe seines Geistes Mephistopheles da und dort in der Welt ausübte.

Es studierten zu der Zeit, nämlich anno 1525, drei junge Freiherren zu Wittenberg samt ihrem Hofmeister. Diese, als sie erfahren, daß das kurfürstlich bayerische Beilager mit nächstem sollte zu München vollzogen werden, wie denn bereits dazu allerhand erdenkliche kostbare Zubereitung mit großer Pracht wäre gemacht worden, ging ihnen dieses alles mächtig zu Herzen, und sie waren sehr begierig, etwas von solchem zu sehen, weil allda auf einmal viel zu schauen wäre. Redeten demnach miteinander und wußten doch nicht, wie sie die Sache angreifen sollten; der eine wollte, sie sollten mit ihm ziehen, weil übermorgen der Hofmeister auf eines Freundes Hochzeit, wiewohl nicht weit von der Stadt, verreisen würde; er wollte schon Rosse zu reiten bekommen, bei dem Hofmeister wollten sie sich wohl entschuldigen u. s. f. Der andere war mit diesem wohl zufrieden und verlangte nur die Zeit der Abreise, wiewohl ihm des Hofmeisters Abwesenheit im Wege stand. Der dritte aber sprach:»Ihr lieben Herren Vetter, wenn Ihr mir folgen wolltet, so wüßte ich wohl zu diesem Handel einen guten Rat, wobei wir weder Sattel noch Pferde dazu bedürften, könnten nichtsdestoweniger bald, ehe man es auch allhier unter andern wahrnähme, wiederum zu Hause sein. Euch ist allensamt wohl bewußt, wie Doktor Faustus allhier als ein sonderlicher Freund und guter Gönner der Studenten uns, die wir viel Kurzweil und Ergetzlichkeit zu verschiedenen Malen in seiner Behausung genossen haben, geneigt und gewogen sei, auch was er zuwege bringen und vermittelst seiner, wiewohl in stiller Heimlichkeit gehaltenen, Schwarzkunst verrichten möge. Dieses nun unser Verlangen, das fürstliche Beilager zu sehen, wollen wir ihm vortragen, ihn deswegen beschicken und freundlich darum ansprechen, unter dem Versprechen einer stattlichen Verehrung, so er uns in diesem Stücke zu Willen sein würde.«
Solcher Rat mißfiel den zweien andern nicht; es wurde beschlossen, eine stattliche Zusammenkunft zu veranstalten, zu der sie auch den Doktor Faustus beriefen. Nach einem kleinen Umtrunke gaben sie ihm ihr Verlangen und die Ursache seines Beschickens zu verstehen; darein er denn alsobald willigte und ihnen aufs möglichste zu dienen zusagte, nur daß sie solches in der Stille halten möchten.

Den Abend nun zuvor, als morgenden Tags darauf das fürstliche Beilager seinen Anfang nehmen sollte, beruft Faustus die drei Freiherren in seine Behausung, befiehlt ihnen, sie sollen sich aufs schönste ankleiden, was denn zur Stunde geschah; bedeutet ihnen zugleich: Er wolle gern ihres Willen sein und sie in gar kurzer Zeit nach München bringen, aber sie sollten ihm treulich verheißen und zusagen, daß keiner unter ihnen während dieser Fahrt ein Wort reden, auch, ob sie schon in den fürstlichen Palast kämen und man mit ihnen reden würde, daß sie ja keine Antwort geben sollten; wenn sie solches leisten würden, so wolle er sie sicher und ohne Gefahr dahin führen und von da wiederum nach Hause bringen; wo sie aber dem nicht würden nachkommen, sondern während der Zeit etwas reden und sich versehen, so wollte er außer der Schuld sein, und solle alle Gefahr alsdann auf ihrem Halse liegen. Darauf sie denn solches ihm zu tun zusagten und mit aller Pünktlichkeit einhalten zu wollen versprachen.

Vor Tages nun richtete Doktor Faustus seine Fahrt also zu: er legte seinen Nachtmantel ausgebreitet auf ein Beet im Garten seines Hauses, setzte die drei jungen Baronen darauf, sprach noch einmal ihnen tröstlich zu, sie sollten unerschrocken sein und sich nicht fürchten und nur ihres Versprechens eingedenk sein, nicht zu reden, sie würden bald an dem verlangten Ort sein; und siehe, da erhob sich bald ein Wind, der schlug den Mantel zu, daß sie zusamt dem Faustus darin wohl geborgen, lagen, und so hob der Wind den Mantel empor und fuhren sie miteinander in des *** Namen, den Doktor Faustus beschworen, fort, erschienen auch nach Verfluß etlicher Stunden, bei schon hellem Tage, in dem Vorhofe des fürstlichen Palasts zu München, ohne daß jemand ihrer gewahr geworden, wie und welcher Gestalt sie dahin gekommen. Nachdem sie sich aber dem Palaste genähert und der Hofmarschall ihrer ansichtig geworden, empfing dieser sie gar höflich und ließ sie, als Fremde, durch andere, weil er selbst sehr beschäftigt war, in den obern Saal begleiten. Es kam aber zuerst dem Hofmarschall und nachmals dem Hofjunker, der sie begleitete, wunderseltsam vor, daß sie so gar auf keine Frage, woher und von wannen sie wären und kämen, etwas antworteten, sondern, gleich als ob sie stumm wären, mit tiefster Reverenz ihre Gegenehrerbietung zu verstehen gaben. Und weil mehr zu tun und nicht Zeit war, der Sache ferner nachzudenken, wurden die Freiherren da gelassen, bis die Trauung geschehen und es nun an dem war, daß man bei herannahendem Abend zur Tafel sitzen wollte. Nachdem nun die fürstlichen Personen ihre Stelle an der Tafel genommen und man auch mit dem Handwasser auf Befehl des Kurfürsten (dem indessen der Hofmarschall von diesen drei stummen Herren einige Meldung getan, daß sie sich nicht zu erkennen geben wollten) bis zu ihnen gelangt war, spricht der eine von ihnen, seines Versprechens vergessend, er bedanke sich wegen solcher hohen Ehren zum allerhöchsten! Nun muß man wissen, daß Doktor Faustus, wie oben gedacht, ihnen ausdrücklich befohlen, sie sollten nicht ein Wort reden, und wenn er würde zweimal sprechen: wohlauf, wohlauf, so sollten sie alsobald nach seinem Mantel greifen, sodann würden sie alsbald wieder den Weg unsichtbar fahren, den sie hergekommen; diesem zufolge hatten nun sofort die beiden auf das an sie ergangne Wort des Faustus den Mantel ergriffen und fuhren miteinander unsichtbar dahin; der dritte aber, der sich wegen des gereichten Handwassers und der Berufung zur Tafel bedankte, ist ganz erschrocken dahinten gelassen worden.

Es ist leicht zu ermessen, wie diesem Hinterlassenen müsse zumut gewesen sein, zumal es ja nicht lang verschwiegen bleiben mochte und je einer dem andern von dem Handel etwas in die Ohren lispelte, bis es endlich vor die Ohren des Kurfürsten selbst gelangte, der denn bald Nachfrage halten ließ, wie es mit solchem allen eigentlich beschaffen wäre. Wie sollte aber dieser Halbgefangene auf ein und anderes Ausfragen besser antworten als mit Verschwiegenheit, weil er leichtlich erachten konnte, wenn er seine Herren Vetter verraten und den ganzen Verlauf entdecken würde, dieses gar bald ihren Eltern und ihnen selbst zu großer Beschimpfung kundgetan werden dürfte? Er getröstete sich dabei, als er auf Befehl des Kurfürsten sofort an einen wohlverwahrten Ort, gleich als in Gefangenschaft, geführt wurde, daß seine Vettern ihn nicht lassen würden, sondern den Doktor Faust vermögen, daß er aus seiner Gefangenschaft wieder befreiet werden möchte. Welches denn auch nicht lange nachher geschehen: denn ehe der folgende Tag recht angebrochen, machte sich Doktor Faustus auf, kam an den Ort, wo der junge Freiherr gefangen lag, und als er sah, daß das Gemach mit etlichen von der Leibwache des Fürsten verwahrt war, bezauberte er sie als mit einem süßen Schlaf, eröffnete mit seiner Kunst Schloß und Türe, schlug seinen Mantel um den Freiherrn, der noch gar sanft schlief, und brachte ihn also unvermerkt zu seinen beiden Vettern nach Wittenberg. Darüber waren sie denn sehr erfreuet, bedankten sich aufs höchste und beschenkten den Doktor mit einer ansehnlichen Verehrung.

*

Wahr ist es, daß der Geist Mephistopheles eben genug zu tun hatte, Geld und Mittel zu verschaffen, daß sein wollüstiger und verschwenderischer Herr genug zu bankieren und zu verschlemmen hatte; er wollte daher dieses so sehr nicht mehr tun, sondern warf ihm einst mit allem Ernst vor, er wäre nun schon eine lange Zeit her mit aller Kunst und Geschicklichkeit versehen und begabt worden, daß er sich deren wohl bedienen und sich wohl selbst ernähren könnte, ohne daß er, der Geist, hinfort etwas mehr dabei täte; dawider denn Doktor Faustus sich nicht wohl setzen durfte, weil er bei sich bedachte: Es ist wahr, was soll mir meine Kunst und Geschicklichkeit, wenn ich deren nicht gebrauche? Wie will denn mein Name ausgebreitet werden? Er ließ es demnach dabei beruhen. Damit er nun beizeiten Geld überkommen möchte, auch solches mit guten Gesellen zu verspielen hätte, wollte er ein Stücklein seiner Kunst seine guten Freunde sehen lassen; er verfügte sich daher mit ihnen zu einem sehr reichen Juden, um bei ihm Geld aufzubringen, obwohl er nicht im Sinn hatte, dasselbe wiederzugeben: er begehrte deswegen von dem Juden sechzig Taler auf einen Monat lang, die wolle er ihm alsdann mit Dank wiederum bezahlen, oder aber sollte er ihm ein Bein statt des Unterpfands abnehmen (welches er selbst nur scherzweise redete, der Jud' aber für Ernst aufnahm); und so leihet ihm denn der Jud' – nachdem er die anderen Anwesenden zu Zeugen angerufen die Summe.

Als nun die Zeit bereits verflossen und der Jude, der nichts Gutes ahnte, sich in Doktor Fausts Behausung verfügte, allda sein Geld samt den Zinsen zu holen, empfing dieser ihn aufs freundlichste und sprach zu ihm:»Lieber Jud', ich weiß mich gar wohl zu entsinnen, daß ich dir nach Verfluß dieser Zeit dein Geld samt dem Interesse wiederzugeben versprochen, allein wer kann dafür, daß ich anjetzo nicht bei Geld bin? Willst du nicht länger borgen, so magst du laufen, ich gönne dir eher keine Bratwurst!« Leicht ist zu erachten, daß dieses dem Juden die Galle überlaufen machte, und weil noch zwei andere Juden mit ihm erschienen waren, brach er ganz entrüstet in Drohworte gegen Doktor Faustus aus: Er sollte ein für allemal anderen Sinnes werden, oder er wollte sich mit Gewalt an sein versprochenes Unterpfand halten, und das sei einer von seinen Füßen! Doktor Faust stellte sich, als wüßte er nichts hievon, und begehrte von ihm, solches auf seiner Obligation zu lesen, weil er's nicht glauben könnte; als er's nun gelesen, sagte er:»Mein Mausche, es ist wahr, ich hab verloren, weiß dich auch so bald nicht zu bezahlen, deswegen magst du dich an dein Unterpfand halten, und hiermit hast du deinen Bescheid.« Der Jude, ganz rasend, dachte: Ich habe wohl schon ein mehrers als sechzig Taler auf einmal verloren! wollte sich auch kurzweg an sein Unterpfand halten und den Fuß haben; er stellte sich aber nur so, um dem Doktor Faust einen nicht geringen Schrecken einzujagen.

Aber was geschieht? Doktor Faustus tut, als sei ihm bei der Sache ganz wohl, nimmt eine Säge, legt sich auf das Faulbett, gab jene dem Juden und sprach: Er sollte nun in aller Henker Namen sein Unterpfand hinnehmen, jedoch mit dieser ausdrücklichen Bedingung, daß ihm der Fuß innerhalb solcher Zeit und sobald er die ganze Summe würde entrichten wollen, wiederum alsobald zu Händen möchte gestellt werden: welches nicht allein der Jude ihm zusagte, sondern stracks darauf als ein rechter Christenfeind über den Schenkel herfuhr, den Fuß mit jüdischer Begierde absägte, das Blut mit einer aufgelegten Salbe stopfte, den guten Faustus aber, seiner Meinung nach halb tot, hinter sich ließ. Der Jude zog samt seinen Gesellen mit dem Fuß fort, dachte unterwegs und sagte zu den andern, was ihm jetzt dieser Stummel frommen möchte? Der Fuß könnte ihn noch teuer genug zu stehen kommen, wenn Doktor Faust deswegen sterben sollte; deswegen warf er ihn, weil die andern gleiches sagten, als er über eine Brücke nach Hause ging, in ein fließendes Wasser und zog seinen Weg, an nichts denkend, als daß er nimmermehr bezahlt wäre.

Mittlerweile, als es dem Doktor Faust Zeit dünkte, sein Unterpfand zu lösen, beruft dieser seinen Gläubiger, den Juden, durch etliche Studenten, seine vertrauten Freunde, wie auch zween Gerichtsbediente, in seine Behausung auf einen bestimmten Tag, wo er dem Juden gegen Zurückgabe seines Unterpfands seine Schuld abstatten wollte. Wer erschrak mehr als der Jude, da er diese unverhoffte Post überkam, und noch viel mehr, da er mit Gewalt mitzugehen gezwungen ward! Faustus aber stellte sich auf des Juden Ankunft sehr verdrießlich und dabei recht ungeduldig, daß der Jude mit dem Fuß so lange ausgeblieben wäre, da er doch schon vor etlichen Tagen das Geld beisammen gehabt und nun nichts anders zu erhalten verlange als sein Unterpfand. Der Jude, weil er's nicht mehr bei Händen hatte, konnte dieses (wie dem Faustus keineswegs verborgen war) nicht mehr herbeischaffen; er stand deswegen in nicht geringen Sorgen und erbot sich, er wolle die Schuldverschreibung wieder einhändigen und hinfüro der Schuldforderung nicht mehr gedenken, sondern sie als bezahlt unterschreiben, nur sollten sie ihm das Unterpfand erlassen. Das war eine angenehme Zeitung für unsern Faustus; der Jude aber machte sich hierauf bald zur Türe hinaus und war froh, daß er so gut davongekommen: Faust indessen stand wohlbehalten und mit beiden Beinen vom Bett auf, machte sich mit den Studenten nach seiner Weise mit des Juden Geld recht lustig, und alle konnten über den Possen, den Doktor Faust dem Juden angetan, nicht genug lachen.

Gleicherweise spielte er auch einem Roßtäuscher, bald nachher, auf einem Jahrmarkte mit, der zu Pfeiffering gehalten wurde. Denn Faust richtete sich durch seine Kunst ein schönes lichtbraunes Pferd zu, mit welchem er auf den Markt geritten kam, eben zu der Zeit, da es am meisten Käufer gab. Er fand ihrer viel, die das Pferd feil machten, und weil es von schöner Höhe, dazu hübsch proportioniert aussah, trieben die Käufer einander hinauf, bis letztlich Doktor Faust mit einem übereinkam, der ihm vierzig Gulden bar bezahlte, dazu sich nicht anders einbildete, als er hätte einen sehr guten Kauf gemacht. Ehe nun Faustus das Geld zu sich zog, bittet er den Roßtäuscher, er sollte das Pferd unter zweien Tagen nicht in die Schwemme reiten, welches ihm der Roßtäuscher versprach und so groß eben nicht auf dies Versprechen achtete, also davonritt und voller Hoffnung war, ein Ansehnliches dabei zu gewinnen. Dem Roßtäuscher fällt unterwegs, da er an ein fließendes Wasser kam, ein, was doch sein Verkäufer damit möchte gemeint haben, daß er das Pferd unter zweien Tagen nicht in die Schwemme reiten solle; wollte es demnach versuchen und also den nächsten Weg durchs Wasser fortreiten: als er nun aber fast in die Mitte des Wassers kam, siehe, da verschwand das Pferd, der Roßtäuscher aber saß auf einem Büschel Stroh, und hätte es leicht geschehen können, er wäre in Gefahr geraten.

Der Mann, der vor Erstaunen und Schrecken nicht gewußt, was er tat, nachdem er aus dem Wasser gewatet, lauft spornstreichs zurück in den Flecken, wo der Markt gewesen, gleich dem Wirtshause zu, wo vorher sein Verkäufer gesessen, zur Zeit aber eben auf der Bank lag und tat, als ob er fest schliefe. Der Roßtäuscher, ganz ergrimmt, da er Fausten also liegen und schlafen sieht, erwischt ihn beim Fuß und wollt' ihn von der Bank herabziehen, damit er ihm sein Geld wiedergebe; aber da ging jenem der Schenkel gar aus, und fiel der Roßtäuscher mit demselben rücklings in die Stube, darauf denn Doktor Faustus zetermordio zu schreien anhub, daß die Leute herbeiliefen; der Roßtäuscher aber lief über Hals und Kopf davon, nicht anders meinend, als er hätte dem Faustus den Fuß ausgerissen.

*

Es studierten damals zu Wittenberg einige vornehme polnische Herren von Adel, welche mit Doktor Faust viel umgingen und gute Kundschaft bei ihm hatten. Nun war eben zu dieser Zeit die Leipziger Messe; sie verlangten daher sehr, dieselbe einmal zu besuchen, teils weil sie von ihr oft und viel gehört, teils weil etliche dachten, allda von ihren Landsleuten Geld zu erheben. So baten sie denn den Doktor, er wollte doch, wie sie wohl wüßten, daß er's könnte, mit seiner Kunst so viel zuwegen bringen, daß sie dahin gelangen möchten. Doktor Faustus wollte sie keine Fehlbitte tun lassen und schaffte durch seine Kunst, daß des andern Tages vor der Stadt draußen ein mit vier Pferden bespannter Landwagen stand, auf welchen sie getrost aufsaßen und in schnellem Laufe fortfuhren. Kaum aber waren sie etwa bei einer Viertelstunde fortgerückt, da sahen sie sämtlich quer über das Feld einen Hasen laufen, was sie für ein böses Reisezeichen hielten, wie sie denn mit diesen und andern Gesprächen etliche Stunden zubrachten, so daß sie noch vor abends zu ihrer großen Verwunderung in Leipzig ankamen.

Folgenden Tages besahen sie die Stadt, verwunderten sich über die Kostbarkeiten der Kaufmannschaft, verrichteten ihre Geschäfte, und als sie wieder nahe zu ihrem Wirtshaus kamen, nahmen sie wahr, daß gegenüber in einem Weinkeller die sogenannten Wein- und Bierschröter allda ein Faß Wein, sieben oder acht Eimer haltend, aus dem Keller schroten oder bringen wollten, vermochten aber doch solches nicht, wie sehr sie sich auch deswegen bemühten, bis etwa ihrer noch mehr dazukämen. Doktor Faustus und seine Gesellen standen da still und sahen zu; da sprach Faust (der auch hier seiner Kunst wegen wollte bekannt werden) fast höhnisch zu den Schrötern: »Wie stellet ihr euch doch so läppisch dazu, seid eurer so viel und könnet ein solches Faß nicht zwingen, sollte es doch einer wohl allein verrichten können, wenn er sich recht dazu schicken wollte!« Die Schröter waren über solcher Rede recht unwillig und warfen, dieweil sie ihn nicht kannten, mit herben Worten um sich, unter andern: Wenn er denn besser als sie wüßte, solch Faß zu heben und aus dem Keller zu bringen, so sollte er's in aller Teufel Namen tun, was er sie viel zu vexieren hätte? Unter diesem Handel kommt der Herr des Weinkellers herzu, vernimmt die Sache und sonderlich, daß der eine gesagt, es könnte das Faß einer wohl allein aus dem Keller bringen; deswegen spricht er halb zornig zu ihm: »Wohlan, weil ihr denn so starke Riesen seid, welcher unter euch das Faß allein wird herauf und aus dem Keller bringen, dessen soll es sein!« Doktor Faustus aber war nicht faul, und weil eben etliche Studenten dazugekommen, ruft er diese an zu Zeugen dessen, das vom Weinherrn versprochen worden, ging also hinab in den Keller, setzte sich recht breit auf das Faß, gleich als auf einen Bock, und ritt, so zu reden, das Faß, nicht ohne jedermanns Verwundern, herauf: darüber denn der Weinherr sehr erschrak; und ob er wohl vorwandte, daß dieses nicht natürlich zuginge, mußte er doch sein Versprechen halten, wollte er anders nicht den Schimpf zusamt dem Schaden haben. Also ließ er das Faß mit Wein dem Doktor Faustus verabfolgen, der es denn seinen Gesellen, zugleich auch den Zeugen, den Studenten, zum Besten gegeben, welche alsbald Anstalt machten, daß das Faß in das Wirtshaus geliefert wurde, wohin sie noch mehr andere gute Freunde baten und sich etliche Tage davon lustig machten, solang ein Tropfen Wein darin war.

*

Einst wurde zu Wittenberg bei einer fröhlichen Gesellschaft von einem Studenten des vortrefflichen Poeten Homer Meldung getan, der eben selbiger Zeit auf der hohen Schule gelesen wurde, welcher von vielen berühmten griechischen Helden handelt und deren rühmliche Taten erzählt, namentlich von Menelaus, Achilles, Hektor, Priamus, Paris, Ulysses, Agamemnon, Ajax; und lobte einer des Poeten zierliche Redeweise, der andere, daß er darin jene Personen so schön vorgemalt, als wenn sie zugegen wären, und so rühmte der eine dies, der andre ein andres. Alsbald erbot sich Doktor Faustus, die oben aufgeführten Helden morgenden Tags im Hörsaal in ihrer eigenen Person vorstellig zu machen: welches denn mit höchster Danksagung von allen angenommen wurde. Und da sie deswegen Doktor Faust des andern Tags mit sich in den Hörsaal führten, fing dieser also an zu reden:»Ihr lieben Herren und gute Freunde, weil Ihr ein großes Verlangen traget, die trojanischen Kriegshelden und etwa noch andere, deren der Poet Homer sonderlich gedenkt, in der Person, wie sie damals gelebet und einhergegangen sind, anzuschauen, so soll Euch solches anjetzt gewähret werden; nur daß keiner ein Wort rede oder jemand zu fragen begehre«; welches sie ihm auch sofort zusagten. Darauf klopfte Doktor Faust mit dem Finger an die Wand, alsobald traten jene griechischen Helden in ihrer grauen zu jener Zeit üblichen Rüstung einer nach dem andern in den Hörsaal herein, sahen sich zur Rechten und Linken mit halb zornigen und strahlenden Augen um, schüttelten die Köpfe und gingen wiederum wie zuvor nacheinander zur Türe hinaus.

Doktor Faust wollte es dabei nicht bewenden lassen, sondern noch einen kleinen Schrecken hinzufügen, klopfte deshalb noch einmal; bald tat sich die Tür auf, zu welcher halbgebückt der ungeheure greuliche Riese Polyphemus eintrat, der an der Stirne nur ein Auge hatte, mit einem langen zottigen feuerroten Bart, der hatte ein klein Kind, das er gefressen, noch mit dem Schenkel am Maul hangen und war so grausam und schrecklich anzusehen, daß ihnen allen miteinander die Haare zu Berge standen: worüber denn Doktor Faustus genug lachte; auch wollte er seine Zuschauer noch mehr ängstigen und schaffte, daß, als Polyphemus wiederum wollte zur Tür hinausgehen, er sich zuvor noch einmal umsah mit seinem erschrecklichen Gesichte und sich nicht anders gebärdete, als wollte er nach etlichen greifen; stieß zugleich mit seinem großen ungeheuren Spieß wider den Erdboden, daß das ganze Gemach zu schüttern begann. Doktor Faustus aber winkte ihm mit dem Finger, da trat auch er hinaus, und so hatte denn Doktor Faustus seine Zusage erfüllt. Die Studenten waren es alle wohl zufrieden; doch hatten sie genug und begehrten hinfüro keine solche Vorstellung mehr von ihm.

In der Schlossergasse zu Erfurt stand ein Haus, zum Anker genannt, darin wohnte damals ein Stadtjunker, bei welchem, als einem Liebhaber der Schwarzkunst, sich Doktor Faustus oftmals aufhielt, welchen auch dieser Junker stets hoch achtete. Es begab sich aber auf einen Tag, daß Doktor Faust, der auch auf der hohen Schule zu Erfurt in großem Ansehen stand, einem andern zu Gefallen nach Prag verreist war; der Junker aber beging eben seinen Namenstag, wozu er denn etliche gute Freunde, allesamt Gönner Doktor Fausts, berufen: diese nun waren bis in die späte Nacht recht lustig und wünschten sämtlich nichts mehr, als daß nur ihr guter Freund Faustus dabei und gegenwärtig wäre, sie wollten noch viel fröhlicher sein.

Einer aber unter ihnen, der bereits einen guten Rausch hatte, nahm ein Glas mit Wein, streckte das in die Höhe und sprach:»O guter Gesell Fauste, wo steckest du jetzund, daß wir deiner also entbehren müssen? Wärest du allhier, wir würden ohne Zweifel etwas von dir sehen, das unsere Fröhlichkeit vermehren sollte; weil es aber für diesmal nicht sein kann, so will ich dir dies zur Gesundheit gebracht haben: kann es aber sein, so komm zu uns, und säume dich nicht!« Darauf tat er einen Jauchzer und trank das Glas aus.

Nach etwa einer Viertelstunde aber pocht jemand an die Haustüre gar stark; ein Diener läuft an das Fenster, zu schauen, wer da wäre; da stieg eben Doktor Faustus von seinem Pferd ab, führte solches bei dem Zügel und gab sich dem Diener, der die Türe öffnen wollte, zu erkennen, mit der Bitte, dem Junker und gesamten Gästen zu sagen, wie der zur Stelle und gegenwärtig wäre, nach dem sie allesamt so sehr verlanget hätten. Der Diener voll Erstaunens läuft eilends und zeiget solches dem Junker und gesamter Gesellschaft an; diese lachen und sagen, ob er ein Tor oder voll

Weins wäre? Doktor Faust sei ja verreist und könne nicht über die Mauern herfliegen, nicht er werde es, sondern ein anderer sein.

Indessen klopfte Faustus noch einmal stark an, daß also der Junker genötigt ward, von der Tafel aufzustehen; er sah aber kaum zum Fenster hinaus, da ward er den Doktor Faust beim Mondschein gewahr und schenkte also des Dieners Anbringen Glauben: alsbald ward die Tür eröffnet, Doktor Faustus aber von allen freundlich empfangen und sein Pferd durch den Knecht in den Stall geführt und gefüttert. Die erste Frage war, daß die gesamten Gäste zu wissen verlangten, wie er doch so bald, und ehe sie sich dessen versehen hätten, von Prag wiederkäme? Er antwortete kurz hierauf:»Da ist mein Pferd gut dazu. Weil mich die sämtlichen Herren so sehr herbeigewünscht, mich auch zum öftern mit Namen gerufen, hab ich ihnen willfahren und bei ihnen allhier erscheinen wollen, wiewohl ich nicht lang verbleiben kann, sondern bei anbrechendem Tag, der angefangenen Geschäfte wegen, wiederum zu Prag sein muß!« Darüber wunderten sich alle nicht wenig, fingen inzwischen das Spiel wieder an, wo sie es gelassen, waren fröhlich und guten Mutes, dabei nun auch Doktor Faustus das Seinige tun wollte, deswegen spricht er zu den Gästen: ob sie nicht auch einmal von fremden und ausländischen Weinen einen Trunk versuchen möchten: es wäre gleich, Rheinwein, Malvasier, spanischer oder Franz-Wein? Worauf sie bald mit lachendem Munde sprachen:»Ja, ja, sie sind alle gut.« Zur Stund fordert Doktor Faustus von dem Diener einen Bohrer, fängt an, auf die Seiten des Tischblatts vier Löcher nacheinander zu bohren, verstopft solche mit vier Zäpflein und hieß alsdann ein paar schöne Gläser schwanken und herbringen; da diese gebracht waren, ziehet er ein Zäpflein nach dem andern aus: da sprangen die genannten Weine heraus in die Gläser, dessen sich die Gäste höchlich verwunderten, lachten und waren recht guter Dinge, versuchten auch die Weine und genossen derer auf Zusprechen und Versichern Fausts, daß es natürliche Weine wären, mit großer Begierde.

Während solcher Kurzweil, nach Verfluß von drei Stunden, kommt des Junkers Sohn, der spricht zum Doktor Faust:»Herr Doktor, wie muß man das verstehen? Euer Pferd frißt so unersättlich, daß der Stallknecht beteuert, er wollte wohl zwanzig Pferde mit dem, das es bereits gefressen hat, füttern; gleichwohl will dieses alles nicht flecken, ich glaube, der Teufel frißt aus ihm, es stehet noch immer und siehet sich um, wo mehr sei.« Über diese recht ernstlichen Worte, wie sie der junge Mensch vorbrachte, lachten sie alle, Faust aber am meisten, der darauf antwortete: er sollte es nur dabei verbleiben lassen, das Pferd hätte diese Art; es hätte für diesmal genug gefressen; denn sonst würde es wohl allen Haber auf dem Boden hinwegfressen, wenn man seinen unersättlichen Magen füllen wollte. Es war aber dieses unersättliche Pferd sein Geist Mephistopheles. Mit solchen und dergleichen andern Kurzweil brachten sie die Nacht hin, daß der frühe Morgen bald begann anzubrechen, da tat Fausts Pferd einen hellen lauten Schrei, daß man es in dem ganzen Haus hören mochte.»Nun«, sagte alsbald Doktor Faustus,»bin ich zitiert; ich muß fort!« und wollte also Abschied nehmen: aber die Gäste hielten ihn auf; da machte er an seinen Gürtel einen Knoten, den Aufbruch nicht zu vergessen, und sagte ihnen noch ein Stündlein zu, nach Verfluß dessen aber fing das Pferd an zu wiehern, da wollte er wieder kurzweg fort, doch ließ er sich erbitten, weil er von einem magischen Stück zu erzählen angefangen, noch ein halbes Stündlein zu verbleiben. Jetzt tat das Pferd aber den dritten Schrei, da wollte sich Faust nicht länger aufhalten lassen und nahm seinen Abschied von ihnen allen; diese bedankten sich bei ihm der unverhofften Einsprache wegen und gaben ihm das Geleite bis zur Haustüre, da er sich denn auf sein Pferd setzte und immer die Schlossergasse hinaufritt, bis zum Stadttor, das noch nicht geöffnet war; dessenungeachtet schwang sich sein Pferd mit ihm in die Luft, daß, die ihm nachsahen, ihn bald aus dem Gesicht verloren: Faust aber kam noch bei frühem Tage in sein voriges Haus in der Stadt Prag.

*

Einst reisten einige Kaufleute mit Doktor Faust hinab gen Frankfurt auf die Messe, und kamen im Odenwald abends in ein Städtlein, Boxberg; nun lag auf einem Berge daselbst ein Schloß, auf welchem ein Vogt hauste, der der Verwandte eines Kaufmanns unter der Gesellschaft war; dieser, da er gerne seinem Vetter eine Ehre erweisen wollte, berief die ganze Gesellschaft folgenden Tags zu sich auf das Schloß, das hoch lag, und traktierte sie nach bestem Vermögen. Da sie nun einander mit dem Trunk ziemlich zugesetzt und allbereits Abschied nehmen wollten, weil es aussah, als ob ein ander Wetter kommen wollte, spricht einer unter der Gesellschaft, der indessen zum Fester hinausgesehen:»Nein, nein, es hat keine Not des Regenwetters halber, es stehet ein schöner Regenbogen am Himmel!« Da Doktor Faustus das vernahm, stand er vom Tisch auf, ging zum Fenster, sah hinaus und sagte:»Was soll es gelten, ich will mit meiner Hand diesen Regenbogen ergreifen?« Die andern, denen die Kunst Doktor Fausts nicht so gar bekannt war, liefen sämtlich vom Tisch, diesem unmöglichen Ding zuzusehen; denn der Regenbogen stand noch weit von da, um die Gegend Boxbergs herum. Bald aber strecket Doktor Faustus seine Hand aus, und siehe, da ging der Regenbogen über dem Städtlein her, gegen dem Schloß zu, bis an das Fenster; so daß er den Regenbogen mit der Hand augenscheinlich faßte und gleichsam hielt. Er sagte auch darauf, so die Herren möchten zusehen, so wollte er auf diesem Regenbogen sitzen und davonfahren: aber sie wollten nicht und verbaten sich's. Zur Stund' zog Faust die Hand ab, da schnellte der Regenbogen hinweg und stand wiederum wie zuvor an seinem Ort.

*

In der Stadt Braunschweig wohnte ein Vornehmer von Adel, der an der Schwindsucht lange Zeit krank darnieder gelegen; und ob er wohl alle in und außer der Stadt befindliche Ärzte zu sich gefordert, so wollte doch nichts helfen. Weil denn alle natürlichen Mittel vergebens waren, wollte er sich endlich auch der magischen Kur des damals in der Nähe auf einem Schlosse sich aufhaltenden Doktors Faust, auf den Rat eines guten Freundes, unterwerfen, berief daher diesen schriftlich und unter dem Versprechen einer reichlichen Belohnung, so er ihm helfen werde, zu sich. Doktor Faustus sandte den Boten gleich wiederum zurück und versichert den Herrn, daß er bald kommen und nicht säumen wollte: und ob er wohl gute Gelegenheit von dem Herrn des Schlosses sowohl zu reiten als zu fahren hatte, wollte er doch lieber, weil es auch sonst seine Gewohnheit war, zu Fuß gehen. Als er nun von ferne die Stadt erblickte, ward er gleich hinter sich eines Bauern gewahr, der mit einem leeren Wagen, mit vier Rossen bespannt, gerade der Stadt zufahren wollte; diesen sprach Doktor Faust mit guten Worten an, er sollt' ihn auf den Wagen sitzen lassen und ihn, weil er sehr müde wäre, führen bis an das Stadttor. Der Bauer aber schlug es rund ab und meinte, er würde ohne das genug aus der Stadt zu führen haben, könnte nicht erst sich mit ihm verweilen und ihn aufsetzen; wiewohl es dem Doktor Faust nicht Ernst war, sondern er machte nur einen Versuch, ob der Bauer so dienstwillig sein würde. Nun tat ihm die grobe Weise und unbillige Antwort des Bauern sehr weh; und er gedachte bei sich selbst: Wart, du grober Esel, du mußt mir herhalten, ich will dich mit gleicher Münze bezahlen, tust du solches einem Fremden, was wirst du sonst tun? Alsobald spricht er etliche Worte, da sprangen die vier Räder zugleich vom Wagen und fuhren zusehend in die Luft hinweg, gleichermaßen fielen auch die Pferde nieder, als wären sie vom Hagel getroffen worden, und regten sich nicht: mehr. Als der Bauer dies sah, erschrak er, wie leicht zu glauben, von Herzen, weinte und bat mit aufgehobenen Händen den Doktor Faust, er solle ihm Gnade erweisen, er wisse wohl, daß er sich grob an ihm als einem Fremden versündigt hätte, er wolle es gewiß nicht mehr tun! Was sollte nun Doktor Faustus machen? Er sagte:»Ja, du grober Gesell, tue es hinfüro keinem mehr, was du mir getan hast, ich will diesmal deiner verschonen: damit du aber nicht gar leer ausgehest und zugleich ein Andenken haben mögest, andere Fremde nicht solchergestalt zu traktieren: so nimm immerhin das Erdreich unter deinen Rossen und wirf es auf sie!« Der Bauer gehorcht dem Faust und wirft die Erde auf sie; alsobald richteten sie sich wieder auf. »Aber«, fuhr Doktor Faustus fort, »deine Räder wiederum zu bekommen, gehe der Stadt zu; bei den vier Toren wirst du ein jegliches Rad finden und antreffen!« Der Bauer brachte also den halben Tag zu, bis er seine Räder wiederbekam. –

Als nun Doktor Faust mit obgedachten Kaufleuten gen Frankfurt gekommen, wurde er – wie bei solcher Meßzeit allerhand Gaukler und Abenteurer gemeiniglich erscheinen und zusammenkommen von seinem Geist Mephistopheles berichtet, daß in einem Wirtshaus bei der Judengasse vier verwegene Gaukler und Schwarzkünstler seien, darunter der eine der Meister, die andern seine Knechte. Diese hieben einander die Köpfe ab, ließen den abgeschlagenen Kopf durch einen dazu bestellten Barbier waschen und säubern und setzten den dem Leibe wieder auf, zu jedermanns Verwundern, welches denn auch diesen Schwarzkünstlern ein großes Geld eintrug, weil viel Herren und reiche Kaufleute der Stadt sich dahin verfügten und zuschauten. Solches verdroß den Doktor Faust nicht wenig, denn er meinte, er wäre allein des Teufels Hahn im Korb; deswegen nahm er sich gleich vor, seine Kunst auch hier sehen zu lassen, und ging dahin, nebst andern dem Handel zuzuschauen. Er sah aber daselbst bald eine rote Decke auf der Erde ausgebreitet liegen, auf der Seite des Zimmers stand ein Tisch und auf demselben ein verglaster Hafen, darin, wie sie vorgaben, ein destilliertes Wasser wäre, in welchem Wasser vier grüne Lilienstengel standen, die nannten sie die Wurzeln des Lebens.

Nun war es mit dem Handel also beschaffen, daß, wenn einer von den Gauklern niederkniete auf die rote Decke, ging bald der andere herbei und hieb mit einem breiten Schwert diesem den Kopf ab und gab ihn dem Barbier, der ihn waschen und sogar barbieren mußte. Wenn dieses verrichtet war, gab alsdann der Barbier dem Meister den Kopf, der solchen den Anwesenden zu beschauen darreichte: inzwischen setzte man den Körper auf einen Stuhl, und wenn es Zeit war, so setzte je einer nach dem andern den Kopf, mit vielen seltsamen Worten und Zeremonien, wieder auf: sobald aber dieses geschehen, sprang eine Lilie aus den vieren in dem Hafen auf dem Tisch in die Höhe und wurde sobald auch der Leib wiederum ganz; und dieses trieben sie immer so fort, bis es auch an den Meister kam. Diesem nun, ob ihn schon vorher Doktor Faustus sein Leben lang nicht gesehen hatte, wollte er eines versetzen und solchem Gaukelwerk ein Ende machen. Daher, als sie zum andernmal das Kopfabhauen anhuben und die Reihe nun an dem Meister war, beobachtete er genau, welcher Lilienstengel in dem Hafen dem Meister zugehörte, und als dieser eben niederknien wollte, geht Doktor Faustus unsichtbar hin zu dem Tisch, auf welchem der Hafen mit dem Lilienstengel stand, und schlitzte mit einem Messer des Meisters Lilienstengel voneinander, machte sich hierauf wieder unsichtbar von dannen und zur Türe hinaus, welches auch die Anwesenden nicht gewahr wurden. Der Knecht schlägt indessen dem Meister, wie vorhin mehr geschehen, das Haupt ab, läßt es waschen und barbieren und will es nun wieder auf den Körper setzen; aber siehe, da fiel es wieder herab. Alle Anwesenden, besonders aber die Knechte des Schwarzkünstlers, erschraken in ihre Seele hinein, und noch mehr entsetzten sie sich, als sie entdeckten, daß des Menschen Lilie oder Wurzel des Lebens in dem Hafen voneinander geschlitzt war und der Meister tot auf der Erde lag.

*

Doktor Faustus kam auf eine Zeit, Geschäfte halber, die er für andere dort zu verrichten hatte, in die Stadt Gotha, etwa um die Zeit
des Brachmonats, wo man allenthalben mit dem Heumachen und
Einführen beschäftiget war. Eines Tags nun war er, seiner Gewohnheit nach, ziemlich bezecht und ging abends mit etlichen seiner
Zechgesellen spazieren vor das Tor hinaus; indem begegnet ihm ein
Wagen wohl beladen mit Heu; Doktor Faustus aber ging mitten im
Fuhrwege, daß ihn also der Bauer, der das Heu einführte, notwen-
dig ansprechen mußte, er solle ihm aus dem Weg weichen und
seinen Weg nebenhin nehmen. Faust aber zögerte mit der Antwort
nicht. »Ich will bald sehen«, sprach er, »ob ich dir oder du mir weichen müssest; höre, Bruder, hast du niemals gehört, daß einem vollen Mann ein geladener Wagen ausweichen solle?« Der Bauer war
über die Verzögerung recht unwillig, gab dem Faust viel unnütze
Worte, und wenn er nicht gehen wolle, werde er ihm den Weg wei-
sen; Faust aber erwiderte ihm auf der Stelle: »Wie, Bauer, wollest du
erst noch pochen? Mache mir nicht viel Umstände, oder ich fresse
dir beim Element deinen Wagen samt dem Heu und den Pferden!«
Der Bauer sagte darauf: »Ei so friß auch noch etwas anders dazu.«
Doktor Faustus, nicht unbehende, rückt mit seiner Kunst hervor,
verblendet den Bauern dergestalt, daß er nicht anders meinte, denn
jener habe ein Maul groß wie ein Zuber und daß er bereits seine
Pferde samt dem Wagen und Heu verschlungen und gefressen hätte. Der Bauer erschrak heftig hierüber und entlief eilends, denn er
meinte, wenn er lang allda verharren würde, möchte es letztlich
auch an ihn selber kommen; eilet deswegen der Stadt und dem
Bürgermeister zu, klagt ihm seine Not, wie ihm ein ungeheurer und
doch dem Ansehen nach nicht großer Mann begegnet sei, der hab
ihm nicht aus dem Fuhrwege wollen weichen, da er ihn doch darum gütlich angesprochen; darauf habe er ihm bald gedroht, er
wolle ihm den Wagen mit samt den Pferden fressen, wenn er ihm
als einem Trunkenen nicht ausweichen wolle: wie denn alsdann
auch geschehen; er bitte um Rat und um Hülfe.

Der Bürgermeister, als er das vernahm, lachte und spottete noch
des Bauern dazu, das wäre ja nicht möglich! Er sei entweder trun-
ken oder nicht bei sich selbst. Der Bauer beteuerte hoch, daß dem
also sei, wie er erzähle, berief sich auf seine Nachbarn und andere,

die hinter ihm hergefahren wären. Wollte anders der Bürgermeister Ruhe haben, mußte er sich mit dem Bauern dahin verfügen und dieses Wunder anschauen: als sie beide aber etwa einen Bogenschuß fern von da ankamen, siehe, da standen wie zuvor Rosse, Heu und Wagen unverletzt und unverrückt allda; Faust aber hatte indessen einen andern Weg genommen. –

*

Als aber Doktor Faust einst wieder auf Wittenberg zureiste, kam er auf den Abend unterwegs in ein Wirtshaus, darinnen traf er Kaufleute und andere Reisende an; da sie nun zu Nacht miteinander gespeiset hatten und mit dem Trunk einer dem andern ziemlich zugesprochen, da stand der Wirtsjunge jederzeit hinter Doktor Faust, und weil er ihn für einen Abenteurer (das er auch war) ansah, schenkte der Junge ihm allemal das Glas ganz voll ein, womit denn Doktor Faustus nicht zufrieden war; drohete ihm auch, wenn er's noch einmal tun würde, so wollte er ihn mit Haut und Haar fressen. Da nun der Junge seiner spottete und sagte: »Jawohl fressen!« und ihm darauf abermal zu voll einschenkte, sperrte Doktor Faustus sein Maul auf und schluckte ihn, zum Erstaunen aller, die an dem Tisch waren, hinunter, erwischte darauf den Schwenkkessel mit dem Kühlwasser und sagte: »Auf einen guten Bissen gehöret ein guter Trunk« und soff den rein aus. Der Wirt, der indessen abwesend gewesen und nichts von allem, was geschehen war, wußte, aber mit Schrecken solches vernahm, redete deswegen dem Doktor Faust ernstlich zu, er solle ihm seinen Jungen wieder herschaffen oder er wolle etwas anderes mit ihm anfangen. Da sagte Faustus ganz ruhig: »Herr Wirt, gebt Euch zufrieden und sehet hinter den Ofen!« Da fand man dort in dem Schwenknapf den Jungen tropfnaß, voller Schrecken und Zittern, worüber denn die ganze Gesellschaft herzlich lachen mußte.

II

Doktor Faustus war jetzt nicht allein in der Stadt Wittenberg, sondern auch im ganzen Land wegen Schwarzkunst und Zauberei verrufen. Deswegen ließen ihn gottesfürchtige und gelehrte Leute durch andere zu unterschiedenen Malen erinnern und warnen, von solchem teuflischen Leben und Wandel abzustehen; unter andern ließ sich eines Tags ein Nachbar desselben, ein frommer alter Mann, die Mühe nicht dauern, sein Heil zu versuchen, ob er diesen elenden Menschen bekehren möchte, zumal er fast täglich wahrnehmen mußte, wie die jungen Burschen und fürwitzigen Studenten in seiner Behausung aus und ein gingen, da sie ja nichts Gutes sehen und lernen würden. Er verfügte sich deswegen an einem Nachmittag zu Doktor Faust, und als er ihm mit freundlichen Worten die Ursache seines Einkehrens zu erkennen gegeben, wurde er auch von diesem gütig empfangen; und es gehet die Sage, als sei dieser alte Warner der getreue Eckhart gewesen, der schon seit vielhundert Jahren zum Wächter am Venusberge bestellt ist und die unwissenden Menschen warnt und abmahnt, daß sie nicht zu den teuflischen Unholdinnen in den Berg hineingehen: wie denn ein Sprichwort ist, daß man zu einem, der andere getreulich warnet und hütet, gemeiniglich spricht: Du bist der getreue Eckhart, du warnest jedermann.

Leicht ist zu glauben, daß jener dem Doktor Faust allerhand Lehren und Ermahnungen aus Gottes Wort werde vorgebracht und recht unter die Augen gestellt haben, welche auf Abmahnung von seinem bisher so ärgerlich geführten Leben und Anweisung zu einem bessern Wandel werden gerichtet gewesen sein; wie denn dieser fromme Alte dem Ansehen nach auch wirklich so viel ausrichtete, daß ihm bei seinem Abschied Doktor Faustus gelobte, er wolle seiner heilsamen Lehre und Ermahnung nachkommen. Auch ist es ihm denn, da er jetzt allein war, solchergestalt zu Herzen gegangen, daß, indem er bei sich selbst erwog, was er doch gedacht habe, daß er sich um nichtiger Wollust willen dem leidigen Teufel ergeben habe, er sich entschloß, Buße zu tun, weil noch Zeit vorhanden, und sein Versprechen dem Teufel wieder zurückzuziehen. Unter solchem Vorhaben erscheint ihm der Teufel, tappt nach ihm, stellt sich nicht anders, als ob er ihm den Kopf umdrehen wollte, warf ihm bald vor, was ihn so ernstlich dazu bewogen hätte, daß er sich dem Teufel ergeben, nämlich sein frecher, stolzer und sicherer Mutwille. Er, Faustus, sei ihm, dem Teufel, nachgegangen und nicht er, der Teufel, ihm; er habe ihn zu vielen und unterschiedlichen Malen mit Charakteren, Verschwörungen und andern Sachen angerufen und seiner eifrigst begehrt. Zudem so hab er ja ungezwungen und freiwillig die fünf Artikel angenommen, sich auch hernach mit seinem eigenen Blut verschrieben und verpflichtet, daß er Gott und Menschen feind sein wolle. Diesem Versprechen nun komme er nicht nach, wolle eigenmächtig umkehren, da es doch schon allzu spät und er nunmehr des Teufels eigen sei, der ihn zu holen und anzugreifen gute Macht habe. So wolle denn der Satan Hand an ihn legen, oder aber er soll sich wieder von neuem verschreiben und solches mit seinem Blut bekräftigen, daß er sich hinfüro von keinem Menschen mehr wolle abmahnen und verführen lassen: wo nicht, so wolle er ihn in Stücke zerreißen. Doktor Faustus, ganz voll Erstaunens bei Anhörung dieser schrecklichen Drohworte, bewilligte alles mit bebenden Lippen von neuem, setzte sich nieder und schrieb mit seinem Blute die zweite Teufelsverschreibung, welche nach seinem Tode in seiner Behausung gefunden wurde. –

Nachdem er sich also dem Teufel aufs neue mit seinem Blute verschrieben, schlug er alle treue, wohlgemeinte und seiner armen Seele ersprießliche Warnung jenes gottesfürchtigen Nachbarn in den Wind und geriet, auf Anstiften des verbosten Geistes, gegen diesen alten, ehrlichen Mann in einen solchen Haß, daß er auch nicht ruhen oder rasten wollte, bis er sein Mütlein an ihm gekühlet und ihn womöglich an Leib und Leben gefährdet hätte.

Wie nun, dem Sprichwort nach, ehrlicher Leute wohlgemeinte Straf' und Ermahnung gemeiniglich schlechten Lohn erwirbt, also erging es auch dem ehrlichen Nachbarn: denn etwa nach zweien Tagen, als er nach dem Nachtessen zu Bette gegangen und sich allbereit nach gesprochenem Abendgebet schlafen gelegt: siehe, da rüstet ihm Doktor Faustus ein solch Poltern und Rumpeln vor der Kammer an, als ob alles über einen Haufen fallen wollte, welches der gute Mann vorher niemal gehört; jedoch ermunterte er sich bald und gedachte bei sich, dies werde gewiß eine Versuchung des Teufels sein, vielleicht, weil er dem Nachbar Faust gutherziger Meinung seiner Seelen Wohlfahrt zu bedenken ermahnt habe. In diesen Gedanken kommt das Teufelsgespenst gar zu ihm in die Kammer hinein, grunzt wie ein Schwein und treibt es so lang, daß dem guten Mann angst und bang darüber wird. Allein er erholt sich endlich, gedenkt bei sich selbst, ich werde doch solch Gespenst nicht leicht von mir treiben als mit Verspotten und Verachten; fängt deswegen an und sagt herzhaft:»Ei, eine solche schöne Musik ist mir mein Lebtag nicht vorgekommen, die lieblicher zu hören gewesen denn diese; ich glaube, du hast sie in einem Wirtshaus bei den vollen Bauern und Zechbrüdern oder, welches glaublicher, bei dem Schweinehirten gelernet; wie ist sie doch so trefflich angestellt, ist sie vielleicht ein höllisches Konzert? Nun wohlan, sing du die Noten, so will ich den Text dazu singen!«

Und so fing der fromme Mann an, mit heller Stimme ein geistliches Lied zu singen. Auf der Stelle schwieg der Teufelsspuk. Jener aber sagte:»Meister Satan, wie gefällt dir dieses Lied? Ich hätte vermeint, du solltest dich mit deiner lieblichen Musik etwa an einen fürstlichen Hof begeben haben, da man vielleicht mehr darauf würde geachtet haben als bei mir! Packe dich von hier und spare solchen Gesang bis zur Auferstehung der Toten und Erscheinung des allgemeinen Richters; wo du alsdann ohne Zweifel in einen Himmel kommen wirst, wo die Flammen zum Loch ausschlagen!« Mit solchem Gespötte hat der Nachbar das Gespenst vertrieben, und es ist hinfort nicht mehr gehöret worden.

Des andern Morgens fragte Faust seinen Geist, was er bei dem Alten ausgerichtet habe. Da gab ihm der Geist die Antwort: er hätte ihm nicht beikommen können, denn er wäre geharnischt gewesen.

*

Um diese Zeit geschah es, daß Doktor Faust, zu besserer Betreibung seines Zauberhandwerks, sich einen Famulus beigesellte. Es kam nämlich zur rauhen Winterszeit eines Tags ein junger Schüler vor Fausts Behausung, der sang, selbiger Zeit Gebrauch nach, das Responsorium; diesem hörte eine Weile Doktor Faustus zu, und weil er sah, daß der arme Mensch übel gekleidet und fast erfroren war, erbarmte er sich seiner, forderte ihn hinauf in seine Stube, sich zu wärmen, besprach sich mit ihm, fragte, woher er wäre und wer seine Eltern seien? Worauf der Junge bald antwortete: er wäre eines Priesters Sohn zu Wasserburg, hätte seines Vaters täglichen Ungestüm nicht länger ertragen können u. s. w. Als nun Doktor Faust aus seinen Reden und allen Anzeichen abnahm, daß er eines gelernigen und zugleich verschmitzten Kopfes sei, nahm er ihn zu einem Famulus an und hatte ihn hernach sehr lieb, hauptsächlich, da er nach und nach an ihm wahrgenommen, wie er ganz verschwiegen war und keine Schalkheit seines Herrn offenbarte, ja selbst voll böser Lüste steckte. Darum eröffnete er ihm einst alle seine Heimlichkeit und ließ ihn überdies eines Tags seinen Geist in der gewöhnlichen Mönchsgestalt sehen, worüber jener nicht erschrak, sondern die Erscheinung bald gewohnt wurde. Ja, er verrichtete hernach alle Sachen, wie ihm der Geist befahl, so wohl und mit solchem Fleiß, daß ihn sein Herr, Doktor Faustus, so liebgewann, daß er ihm vor seinem Tod in seinem Testament alle seine Verlassenschaft vermachte.

Nun Faust einen menschlichen Aufwärter bekommen, konnte er seinen schwarzen Zauberhund Prästigiar, der auch ein Geist war, entbehren und schenkte ihn einem Abte zu Halberstadt, der selber ein Kristallseher war. Dieser Hund war nun in allem dem Abt gehorsam, deswegen er ihn auch sehr liebhatte; nach Verfluß eines Jahres aber verfiel er in ein großes Winseln und Seufzen, wollte sich nicht sehen lassen und verbarg sich, wo er nur konnte; der Abt fragte ihn deswegen: wie es doch käme und wie er's meine? Da gab ihm der Geisterhund zur Antwort: »Ach, lieber Abt, ich habe vermeinet, ich wolle sehr lang in deinem Dienst verharren, aber ich sehe es leider und weiß es, daß es nicht sein kann und ich also vor der bestimmten Zeit von dir scheiden werde, das wirst du bald und in kurzem erfahren, die Ursach' aber verschweig ich für dieses Mal!« Wie dem allen sein mochte, ehe acht Tage um waren, fiel der Abt in eine hitzige Krankheit und starb im Aberwitz.

*

Einstmals besuchte Doktor Faustus wieder mit einigen Studenten, seinen vertrauten, guten Freunden, die Leipziger Messe. Es kam aber eben damals auch daselbst ein vornehmer Kardinal namens Campegius an, dem erwies der Magistrat der Stadt alle Ehre. Dieser fuhr des andern Tags aus der Stadt mit seinen Leuten an einen nahe gelegenen luftigen Ort, frische Luft zu schöpfen; weil nun Faust solches erfuhr und er ihn auch gerne sehen wollte, ging er mit seiner Gesellschaft zu Fuß hin an denselbigen Ort.

Doktor Faustus gedachte bald bei sich, wie er auch hier sich mit seiner Kunst zeigen und diesem Herrn etwas zu Gefallen tun möchte, damit er von ihm bei seiner Heimkunft zu Rom etwas zu sagen hätte. So sprach er denn zu seinen Gesellen: »Liebe Herren und Freunde, in Ermanglung anderer Kurzweil will ich diesem Fürsten zu Ehren eine sonderbare Jagd anstellen, die doch dem Landesfürsten in seinem Gebiet und den daran haftenden Rechten nicht nachteilig sein soll; Ihr aber bleibet allhier stehen und sehet zu.«

Bald darauf zog daher sein Mephistopheles, mit vielen Hunden begleitet, und auch er ging einher wie ein Jäger; Doktor Faustus setzte sein Hörnlein an und blies: zur Stunde sah man in der Luft daherfahren bald einen Fuchs, bald einen furchtsamen Hasen, welche denn, beide gleichfalls in der Luft, Mephistopheles mit den Hunden, Doktor Faust aber mit seinem Hörnlein immer nachfolgten. Die Hunde ängstigten und trieben die Füchse und Hasen bald so weit in die Höhe, daß man sie kaum mehr sehen konnte, bald kamen sie wieder herab und hatte der Kardinal, der ohnedies dem Jagen sehr ergeben war, darob eine sonderliche Freude; dies währte fast eine Stunde, alsdann verschwanden die Jäger, die Hunde, die Füchse, die Hasen, und Doktor Faust fuhr wie aus der Luft herab an den Ort, wo seine Gesellen standen und zuschaueten. Dies sah auch der Kardinal, ließ seiner Diener einen dahin eilen, um zu fragen, wer doch diese Person wäre. Da ihm nun hinterbracht wurde, daß es der Doktor Faustus wäre, von welchem er bereits viele wunderliche Abenteuer erzählen gehört, erfreute er sich und ließ ihn durch einen Edelmann bitten, daß er auf den Abend sein Gast sein und mit seiner Tafel fürliebnehmen wolle.

Als Doktor Faust erschienen, erzeigte ihm der Kardinal allen geneigten Willen, versprach ihm, wenn er mit ihm nach Rom kommen wolle, daß er ihn allda zu einer hohen Würde befördern wollte, denn er gedachte, sich seiner als Wahrsager zu bedienen. Faust aber bedankte sich höflich und setzte stolz hinzu: Er habe Guts und Hoheit genug, denn ihm sei der höchste Fürst der Welt untertänig. Und damit nahm er unter vielen Reverenzen Abschied von dem Kardinal.

*

Der löbliche Kaiser Maximilian kam auf einige Zeit mit seiner ganzen Hofhaltung nach Innsbruck, Willens, eine Zeitlang da zu verharren und frische Luft zu schöpfen. Weil nun Doktor Faustus auch dazumal seiner Kunst wegen bei Hof sich aufhielt und ein anderer probehalber bei Ihrer Kaiserlichen Majestät in besonderen Gnaden war, geschah es einst im Sommer nach Jakobitag, da der Kaiser das Nachtessen eingenommen hatte und in seinem Zimmer auf und ab spazierte, daß er den Doktor Faust allein zu sich kommen ließ und begehrte, er soll ihm vermittels seiner Kunst etwas zu Gefallen ausrichten, es werde ihm, bei Seinem Kaiserlichen Wort, nichts Arges deswegen widerfahren, sondern er wolle es noch mit allen Gnaden erkennen.

Doktor Faustus konnte und wollte ein solches Ihrer Kaiserlichen Majestät nicht abschlagen, und der Kaiser sprach hierauf weiter: »Ich saß neulich in meinen Gedanken und betrachtete in meinem Gemüte, wie meine Vorfahren so hoch in der Kaiserlichen Würde und Hoheit gestiegen und zu einem solchen Ansehen bei der Nachwelt gelangt sind, daß ich billig Sorge trage, ob die nachfolgenden Kaiser gleicher Ehre möchten teilhaftig werden; aber was ist dieses alles gewesen gegen die Hoheit und das Glück Alexanders des Großen, der fast die ganze Welt in so kurzer Zeit unter sich gebracht hat? Nun möchte ich herzlich gern den Geist dieses unüberwindlichen Helden wie auch seiner schönen Gemahlin, wie sie in dem Leben gewesen, sehen und kennen.« Doktor Faust antwortete nach einem kleinen Bedacht, er wolle dieses alles bewerkstelligen ohne einen Betrug, nur dieses bäte er Ihre Kaiserliche Majestät, daß sie ja während der Zeit dieser Vorstellung nichts reden sollten, welches jener auch versprach. Faustus gehet indessen vor das Gemach hinaus, erteilt seinem Mephistopheles Befehl, diese Personen vorstellig zu machen, und geht wiederum hinein. Bald klopfet er an die Türe, da tat sich diese von selbst auf, und herein schritt der große Alexander, wiewohl nicht groß von Person, jedoch strengen Ansehens; dazu hatte er einen falben Bart; er trat herein in einem ganz vollkommenen köstlichen Harnisch und machte dem Kaiser Reverenz, dieser aber wollte sofort dem Herrn Bruder die Hand bieten und sprang deswegen von seinem Stuhl auf. Faust aber trat eilig dazwischen und verhinderte es.

Als nun Alexanders Geist wieder von dannen gegangen, kam alsobald der Geist der Königin, seiner Gemahlin, herein. Diese machte ebenfalls vor dem Kaiser eine tiefe Reverenz, war angetan mit himmelblauem Samt, über und über mit orientalischen Perlen besetzt; sie war dabei eine über alle Maßen schöne Frau, lieblichen Ansehens und holdseliger Gebärden, daß sich der Kaiser recht über solcher Schönheit verwunderte. Zugleich fiel ihm ein, wie er öfters von dieser schönen Königin gelesen, daß sie hinten an dem Nacken eine Warze gehabt haben sollte. Er stand daher auf, die Wahrheit dessen zu erfahren, und ging hin zu ihr, und als er die Warze gefunden, ist auch der Geist hinausgegangen: also ist dem Kaiser hierin ein völliges Genüge geschehen, und er bedachte den Schwarzkünstler mit einem recht kaiserlichen Geschenke. Dieses nun wollte Doktor Faust mit Dankbarkeit erwidern und Ihrer Majestät noch eine besondere Ergötzlichkeit verschaffen. Nachdem kurz hierauf eines Abends der Kaiser Maximilian zur Ruhe gegangen und sich in sein gewöhnliches Schlafgemach verfüget, konnte er sich frühmorgens, da er erwachte, nicht besinnen, wo er doch wäre: denn das Schlafgemach war durch Doktor Fausts Kunst zugerichtet als ein schöner Saal, in welchem viel schöne luftige Bäume von grünen

Maien zu beiden Seiten standen, neben andern, die behängt waren mit zeitigen Kirschen und anderem Obst; der Boden des Saals war anzusehen als eine grüne Wiese von allerlei bunten Blümlein; um des Kaisers Bettstatt aber standen noch edlere Bäume, als Pomeranzen, Granaten, Feigen und Limonien, mit ihren Früchten: auf dem Gesims waren zu sehen die allerwohlriechendsten Blumen, und an den Wänden hingen bereits zeitige Trauben.

Leicht ist zu glauben, daß solche unverhoffte Veränderung seines Schlafzimmers den löblichen Kaiser werde haben recht verwundern gemacht, welches denn auch Ursache war, daß er etwas länger als sonst in dem Bette verharret. Er stand aber hernach auf, tat seinen Nachtpelz um sich und setzte sich nahe bei dem Bett auf einen Sessel: indem hörte er lieblichen Gesang der Nachtigall, den anmutigen Zusammenklang anderer singenden Vögel, die denn immer von einem Baum auf den andern hüpften; auch sah er von ferne zu Ende des Saals schneeweiße Kaninchen und junge Hasen laufen; und bald darauf überzog das obere Tafelwerk ein Gewölk. Als nun der Kaiser diesem allem begierig zusah und solchergestalt im Saal sich verweilete, gedachten die Kammerdiener, wie es doch kommen möge, daß ihr allergnädigster Herr vom Bett nicht aufstehe, es müsse ihm etwa eine Unpäßlichkeit zugestoßen sein; sie erkühnten sich deswegen und öffneten sittiglich die Türe des Schlafgemachs: allwo sie denn nicht allein ihren Herrn den Kaiser bei guter Gesundheit antrafen, sondern aus der herrlichen Luft allda abnehmen mußten, was die Ursache des Verweilens gewesen: der Kaiser aber ließ alsobald die Vornehmsten am Hof zu sich berufen, die sich denn ebenfalls ob der Zierlichkeit und Lustbarkeit des Saals nicht genugsam verwundern konnten. Allein nach etwa einer Stunde und ehe sie sich dessen versahen, fingen die Blätter an den Bäumen an, welk zu werden und zu verdorren, wie auch die Früchte und Blumen; bald aber kam ein Wind zum Gemach herein, der wehete alles ab, so gar, daß der ganze Zauber in einem Augenblick vor ihren Augen verschwunden und ihnen nicht anders war, als hätte es ihnen geträumt. Dem Kaiser hatte die Lustbarkeit dieses zugerichteten Saals so wohl gefallen, daß er eine gute Weile in Gedanken sitzend nachdachte, wer doch solche zugerichtet haben möge; und als, wie natürlich, sein Verdacht auf Doktor Faustus fiel, ließ er ihn zu sich berufen und fragte ihn, ob er der Meister dieses Werkes gewesen?

Doktor Faust demütigte sich und sprach:»Ja allergnädigster Herr, Euer Kaiserliche Majestät hat mich kürzlich wegen eines erwiesenen Kunststücks mit einer ansehnlichen Verehrung begnadigt, dagegen ich mich denn auch, wiewohl schlecht genug, habe müssen dankbar erweisen.« Darob der Kaiser ein gnädiges Wohlgefallen getragen.

Nun ward eines Tages Doktor Faust inne, daß der Kaiser einigen fremden Gesandten und andern Herren zu Ehren ein kostbares Bankett auf den Abend zugerichtet hatte, wobei auch das Frauenzimmer zugegen sein mußte. Es wollte aber bei solcher Fröhlichkeit Doktor Faustus seine Kurzweil auch mit einmengen, wohl wissend, daß es hoherorten nicht mißliebig sein würde. Er brachte es deswegen durch seine Kunst dahin, daß in dem großen Saal, wo das Mahl gehalten wurde, dem Ansehen nach ein Gewölk hineinrauschte, etwas trüb, gleich, als wenn es bald regnen wollte, bald aber darauf trennte sich dieses Gewölk, mit Weiß und Blau gemischt, also daß es herrlich anzusehen war; der Himmel stund da ganz blau, und ließen sich die Sterne daran in voller Klarheit sehen, auch nahm man den Mond in vollem Scheine wahr: etwa eine Viertelstunde hernach überlief das Gewölk wieder, und die Sonne tat einen starken Blitz, daß sich alle versammelten Gäste kreuzigten, bald aber einen schönfarbigen Regenbogen der kaiserlichen Tafel zugehen sahen, der jedoch bald wieder verging. Als nun Doktor Faustus vermerkt, daß bereits der Kaiser und mit ihm die vornehmsten Herren von der Tafel aufgestanden, die Damen aber und die sie bedient und ihnen aufgewartet sich noch etwas aufhielten, siehe, da überlief das Gewölk durch einen starken Wind abermal und erschien sehr trübe, da es denn bald anfing zu blitzen und zu donnern, ja zu kieseln und stark zu regnen, so daß alle, die in dem Saal zugegen waren, davonlaufen mußten; welches denn dem Kaiser alsobald angedeutet wurde, der, nach einigem Schrecken, wohl inne ward, daß das Wetter ohne Schaden abgegangen und nur ein durch Kunst des Doktor Faust zugerichtetes Gewitter gewesen. Und so hatte er ein besonderes Wohlgefallen auch an dieser Kurzweil.

*

Einst kam einer von Adel nach Leipzig, und als ihm in dem Wirtshaus über der Tafel von andern erzählt wurde, wie Doktor Faustus, der berühmte Schwarzkünstler, verstorben, und zwar ein erbärmliches Ende genommen hätte, da erschrak hierüber dieser Edelmann von Herzen und sprach:»Ach, das ist mir sehr leid, er war dennoch ein guter, dienstfertiger Mann, und mir hat er eine Wohltat erzeigt, deren ich die Zeit meines Lebens nimmermehr vergessen kann. Es war dazumal mit mir so beschaffen: als ich vor sieben Jahren noch ledigen Standes und unverheiratet war, auch zur selbigen Zeit zu Wittenberg Studierens wegen mich aufhielt, lernte ich unter andern Freunden auch Doktor Faust kennen, und zwar so, daß er mich, ohne Ruhm zu reden, vor andern recht liebte und mir wohlwollte. Nicht lang hernach wurde ich auf den Ehrentag eines Verwandten nach Dresden eingeladen, auf welchem ich auch erschien, aber ich weiß nicht, zu meinem Glück oder Unglück; denn ich kam in ein Verhältnis mit einer adeligen, schönen, tugendbegabten Jungfrau, die mich auch in Züchten ihre Gegenliebe merken ließ, so daß nach der Einwilligung unserer beiderseitigen Verwandten in kurzem daraus eine Heirat ward. Als ich nun etwa ein Jahr in aller Vergnüglichkeit, in friedsamer Ehe lebte, da ward ich einst von zweien meiner Vetter verführt, die Lust hatten, das Heilige Land zu besehen, daß ich trunkenerweise, jedoch bei Edelmannswort zusagte, daß ich mit ihnen und anderen Gesellen dahin reisen wollte; ich hielt auch dies Versprechen unverbrüchlich, und meine Hausfrau, wie sehr sie sich auch dawidersetzte, mußte doch solches endlich geschehen lassen.

Es starben aber nach kaum halb vollbrachter Reise etliche von uns und kamen, kurz zu sagen, mit Mühe und Arbeit nur unser drei an den verlangten Ort; um nun in der Welt auch noch mehr zu sehen, wurden wir darüber einig, unsern Weg über Griechenland nach Konstantinopel zu nehmen, um des Türken Wesen desto besser einzusehen; allein bei einem Engpaß, durch den wir reisen mußten, wurden wir für Kundschafter angesehen, darüber gefangen, und, mit einem Wort, wir mußten unser hartseliges Leben in schwerer Dienstbarkeit fünf ganze Jahre zubringen. Der eine meiner Vettern starb hierüber und kam über Venedig die Sage nach Deutschland zu den Ohren meiner Freunde wie auch meiner Ehefrau, daß ich gewiß gestorben wäre. Nun fanden sich, wie leicht zu glauben, bald Freier, die sich um meine Frau bewarben, und ließ sich auch diese nach halb geendigter Trauer von einem wackern Edelmann aus der Nachbarschaft bereden, daß sie das Jawort gab und also zur andern

Ehe schreiten wollte, wie denn bereits zur hochzeitlichen Feier Anstalt gemacht wurde. Allein was geschiehet?

Diesem meinem alten guten Freund und Bekannten, dem Doktor Faust, kommt beides zu Ohren, daß ich nämlich wäre in der Türkei verstorben und daß daher meine Ehefrau sich wieder in ein anderes Eheverlöbnis mit einem von Adel eingelassen hätte; er hatte nun meines vermeinten Todes wegen mit mir ein großes Mitleiden, zumal daß ich in so schwerer Dienstbarkeit solle verstorben sein: fordert deswegen seinen Geist zu sich, fragt ihn, ob dem also wäre, wie die Sage von mir ginge? Ob ich tot oder noch am Leben wäre? Und als er von dem Geist vernommen, daß ich nicht tot sei, jedoch noch immer in harter Dienstbarkeit lebe, daraus ich ohne Zweifel so bald nicht würde erlöst werden, befahl er von Stund an diesem seinem Geist, daß er sich aufmachen, mich von da erlösen und wieder in mein Vaterland bringen sollte; welches alsobald Mephistopheles zu leisten zusagte und auch redlich gehalten. Denn er kam in Fausts Gestalt, eben um die Mitternachtsstunde, da ich wachend auf der Erde (denn dieses war mein Bett) gelagert war und mein Elend betrachtete, zu mir hinein, und es war um ihn gar helle; ich erschrak und fürchtete mich, den Mann recht anzusehen, erkühnte mich doch dessen einmal, und es dünkte mich, ich sollte diesen Mann zuvor mehr gesehen haben. Er fing aber mit mir an zu reden, darüber ich mich erfreute, weil ich ihn für ein Gespenst hielt, und sprach: »>Kennest du deinen alten Freund, den Doktor Faust, nicht mehr? Wohlauf, du mußt mit mir und dich nach ausgestandenem Leid wiederum ergötzen.« Ich kam also von da schlafend getragen in des Doktor Fausts Behausung nach Wittenberg, der empfing mich mit Freuden, zeigte mir zugleich an, wie sich meine Ehefrau bereits vor einem halben Jahr mit einem andern Edelmann verlobet und am dritten Tag die Hochzeit sein sollte; es wäre demnach große Zeit, mich eilig bei derselben einzustellen, wie ich denn auch folgenden Tags getan. Meine Ehefrau erschrak nun zwar bei meiner Ankunft nicht wenig und wußte nicht, ob ich ihr leibhaftiger Mann oder aber sein Geist wäre, weil jedermann glaubte, daß ich vorlängst schon der Würmer Speise worden. Weil ich aber meiner Liebsten genügsame Anzeichen sehen ließ, ob schon die Menge der Trübsale meine Gestalt um ein Merkliches verändert, ihr auch den ganzen Verlauf meiner fünfjährigen Gefangenschaft sowie die erfreuliche Erlösung aus derselben erzählte, so fiel sie mir zu Füßen, bat demütig um Verzeihung, ließ alsbald unser beider Verwandtschaft berufen und entdeckte ihr meine Wiederankunft, erklärte auch darauf selbst, daß sie das zweite Verlöbnis für nichtig und ungültig erkenne. Diesem Ausspruche fiel die ganze Sippschaft bei, und weil der Edelmann an das Gericht appelierte, so bestätigte denselben auch der Richter. Eine solche Wohltat nun, ihr Herren, hat mir der gute Doktor Faustus erzeigt, welche ich ihm die Zeit meines Lebens nicht werde genugsam verdanken noch rühmen können.«

*

Als einst die erfreuliche Fastnachtszeit herbeigekommen, berief Doktor Faust etliche Studenten, seine vertrauten Brüder und Freunde, traktierte sie aufs beste, und dieses währte bis in die Nacht hinein. Obwohl nun für dieses Mal kein Mangel an irgendeinem Getränk erschien, gelüstete doch den Doktor Faust, eine kurzweilige Fahrt anzustellen, und weil ihm nicht unbewußt war, daß zu jener Zeit der Keller des Bischofs zu Salzburg mit den besten und delikatesten Weinen vor andern versehen war, richtete er seine Gedanken gleich dahin und eröffnete deswegen solch Vorhaben den andern mit der Bitte, sie sollten mit ihm in jenen Keller fahren und allda nur die besten Weine, gleichsam zu einer Ablöschung und Abkühlung, versuchen, er wolle ihnen für alle Gefahr gut stehen.

Den Herren Studenten ging dieses, weil sie Doktor Faust schon lange kannten, daß er's nicht bös mit ihnen meinte, desto eher ein, sie ließen sich leichtlich bereden und waren damit zufrieden. Alsobald führte sie Doktor Faustus hinab in seinen Garten am Hause, nimmt eine Leiter, setzt einen jeglichen auf einen Sprossen und fuhr also mit ihnen davon; und sie kamen gleich nach Mitternacht in dem bischöflichen Keller zu Salzburg an; da sie denn bald ein Licht schlugen und also ungehindert die besten und herrlichen Weine auszapften und versuchten. Als sie nun sämtlich fast bei einer Stunde guten Mutes waren, lustig einer dem andern auf die Gesundheit des Bischofs ein Glas nach dem andern zubrachte, siehe, da kommt der Kellermeister, und eröffnet, ohne an etwas anders zu denken, die Türe des Kellers; will, weil ihn und seine Gesellen der Durst nicht schlafen ließ, noch einen Schlaftrunk holen: findet also die nassen Bursche allda zechen, die an nichts wenigers gedachten, als wie sie einen guten Rausch so wohlfeilen Kaufs möchten mit sich nehmen. Es war nun beiderseits Entsetzen und Furcht; der Kellermeister erkühnte sich jedoch letztlich und schalt sie Diebe, denen ihr Lohn bald werden sollte: wollte auch gleich zurücklaufen und ein Geschrei machen, daß Diebe vorhanden wären. Dieses verdroß nun den Doktor Faust gar sehr und noch mehr, da er sah, daß seine Mitgesellen gar kleinmütig zu werden begannen wegen der ihnen drohenden Strafe; er ermahnte sie daher zum eiligen Aufbruch und befahl, es sollte ein jeder seine Flasche, die er vorher schon mit gutem Wein gefüllt hatte, mit sich nehmen und die Leiter ergreifen, er aber nahm den Kellermeister bei dem Haar und fuhr mit allen zugleich davon. Sie zogen aber (wie nachmals der Kellermeister ausgesagt) aus dem Keller in die Höhe, und da sie kurz hierauf über einen Wald hinfuhren, ersah Doktor Faust einen hohen Tannenbaum, auf diesen nun wurde der vor Furcht und Schrecken halbtote Kellermeister gesetzt; Faust aber kam mit seinen Burschen und dem Wein wieder nach Hause; da sie dann erst recht herumzechten, bis der Tag anbrach.

Wie dem guten Kellermeister indessen, bis der Tag angebrochen, auf seinem Baum müsse zumut gewesen sein, ist leichtlich zu erachten, zumal er nicht gewußt, wo und in welcher Gegend er wäre, dazu schier erfroren war: als aber der sehnlich verlangte Morgen anbrach und er nun augenscheinlich sah, daß er ohne Lebensgefahr nicht von dem hohen Baum kommen würde, rief er ohne Unterlaß mit heller Stimme so lang und viel, bis zwei vorübergehende Bauern, welche in die Stadt gehen und etwas von Schmalz und Käse verkaufen wollten, solches vernahmen und also mit höchster Verwunderung diesen Vogel in den Tannenzweigen pfeifen hörten. Die Bauern, weil der Kellermeister ihnen eine gute Verehrung zu geben versprach, eilten desto mehr der Stadt zu, wo sie solches verkündigten, bis sie letztlich gar nach Hofe kamen, allwo sie denn zuerst keinen Glauben fanden, bis man ihnen wegen der Abwesenheit des Kellermeisters, auch der noch halbgeschlossenen Tür im Keller, Glauben geben mußte; weswegen eine große Menge Volks sich aus der Stadt mit den Bauern dorthin verfügte, wo der Kellermeister saß, welcher denn mit großer Mühe und Arbeit herabgebracht werden mußte. Sosehr man aber mit Fragen ihm zusetzte, so vermochte er doch nicht zu sagen, wer die Diebe gewesen, so er im Keller angetroffen, noch denjenigen zu nennen, der ihn auf den Baum geführt und in solcher Gefahr daselbst gelassen hatte.

Es verfügten sich auch genannte Studenten in der Fastnacht am Dienstag in des Doktor Faust Behausung und hatten sämtlich sich vorgenommen, der Zeit das Recht zu tun und die Fastnacht in aller erdenklichen Lust und Freude zu halten; wozu denn ihnen ohne allen Zweifel Doktor Faustus jeglichen Vorschub tun würde, denn sie wußten wohl, daß er gar freigebig war, wenn er nur selbst hatte, und sich freute, wenn jemand in solchem Vorhaben zu ihm kam: allein sie wurden in ihrer Meinung gar sehr betrogen, weil sie bei dem Nachtessen nichts anders als eine Schüssel mit gesottenem Rindfleisch, auch keinen Wein sahen, ja gar nichts, was man sonst bei solcher Fastnachtszeit Gutes zu speisen und den Gästen aufzutragen pflegte. Es sah immer einer den andern an und konnten nicht begreifen, wie solches gemeint wäre, gedachten aber wohl, daß es Doktor Faust auf eine Schalkheit abgesehen habe, welches auch bald sich auswies. Denn er ließ kurz hierauf den Tisch aufheben, einen neuen bereiten und sprach zu ihnen:»Ihr, meine lieben Herren und angenehmen Gäste, ich bitte, Ihr wollet mir zugut halten, daß ich Euch zum Nachtessen nicht bessere Gerichte hab lassen vortragen, nichts anders als ein Stück Rindfleisch und einen schlechten Trunk, das ist aber die Ursache gewesen, daß dieses von dem Meinigen und aus meinem Beutel gegangen. Nun aber wollen wir erst recht lustig sein und die liebe Fastnacht einweihen und der Gebühr nach halten, und dieses soll nicht aus meinem Beutel gehen, sondern, weil jetzund zu dieser Zeit große Potentaten und Herren Gastereien und herrliche Mahle halten, also will ich meinen Teil auch dabei haben, es sei ihnen lieb oder leid.« Darauf stellte Doktor Faustus drei Flaschen, eine zu fünf, die zwei andern jede zu acht Maß, in seinen Garten und befahl seinem Geist Mephistopheles, daß er darein ungarischen, welschen und spanischen Wein füllen solle, desgleichen setzte er fünf platte Schüsseln hinaus, darin brachte der Geist nach etwa einer halben Stunde Wildpret und Gebratenes noch fein warm herein: also setzten sie sich sämtlich zu Tische, und sprach ihnen Doktor Faustus zu, sie sollten fröhlich und guter Dinge sein, denn es sei keine Verblendung, sondern seien recht natürliche Speisen und Getränke, wie sie es denn auch gefunden haben;

denn sie verfuhren mit Wein und Speisen dergestalt, daß nicht viel von allem übergelassen wurde und sie ganz toll und voll fast gegen den Tag erst nach Hause gegangen.

Am folgenden Aschermittwoch als der rechten Fastnacht kamen diese guten Brüder abermal zu Doktor Faust, gaben vor, sie müßten der Zeit ihr Recht tun und also wieder anfangen, wo sie es gestern gelassen hätten; und weil Doktor Faust sich recht fröhlich noch einmal erzeigen wollte, ließ er den Tisch decken, mit Bitte, vorliebzunehmen, was man auftragen würde. Nebst zwei Braten wurde auch in die Mitte ein schöner großer, gebratener Kalbskopf aufgesetzt und der Studenten einer gebeten, solchen zu zerlegen. Als aber dieser das Messer ansetzte, fing der Kalbskopf mit lauter Stimme an zu rufen:»Mordio, Helfio, Auweh, was hab ich dir getan!«, daß die Studenten recht von Herzen darüber erschraken; weil sie aber sahen, daß Doktor Faust schier vor Lachen ersticken wollte, konnten sie bald erraten, wie es damit beschaffen sein müsse, und lachten deswegen auch mit.

Indessen fing Doktor Faust sein Gaukelspiel an, die Gemüter seiner Gäste zu erlustigen: erstlich hörten sie in der Stube allerhand musikalische Instrumente, da man doch nicht sehen noch wahrnehmen konnte, wo es herkäme; ja, sobald ein Instrument aufgehört, kam ein anderes; wenn dann die Violin etwa einen lustigen Tanz machte, da sprangen und hüpften die Gläser und Becher auf dem Tisch, und so einer oder der andere den Becher, damit der Wein, seiner Meinung nach, nicht verschüttet würde, mit der Hand festhalten wollte, mußte er auch mithüpfen, so daß ein großes Gelächter entstand. Nach solcher Kurzweil nahm Doktor Faustus zehn irdene Häfen, die stellte er mitten in die Stube: da huben die an zu tanzen und aneinanderzustoßen, daß sie in Stücke zerbrachen. Zum dritten ließ er einen Haushahn im Hofe fangen, den stellte er auf den Tisch; als er ihm aber zu trinken gab, hub er an, ganz natürlich zu pfeifen und Tänze zu machen. Darnach richtete Doktor Faust wieder eine Kurzweil an und legte eine Harfe auf den Tisch; da kam ein alter Aff' in die Stube herein, der machte viel gute Possen darauf und tanzte dazu sehr zierlich.

Weil nun mit solchen und andern Späßen etliche Stunden von dem Mittag an verlaufen, die Zeit aber zum Abendessen bereits vorhanden war, so wurden sie zu solchem berufen, da doch der Gäste keinen hungerte, außer daß zwei oder drei nach einem Gerichte Vögel gelüstete: da nahm Doktor Faust eine Stange, die reichte er zum Fenster hinaus, pfiff zugleich aus einem Pfeiflein; alsbald kamen viele Trosteln und Krammetsvögel hergeflogen, welche auf der Stange saßen, und die mußten bleiben; diese nahm er denn herein, und die Studenten halfen solche würgen und rupfen, der Famulus aber briet sie. Nach dem Nachtessen und als man die Küchlein aufgetragen, beschlossen sie, daß sie miteinander in die Mummerei gehen wollten, wie denn gebräuchlich war, und zog ein jeder auf Geheiß Doktor Fausts ein weißes Hemd an: als aber die Studenten einander ansahen, bedünkte einen jeden, er habe keinen Kopf, gingen also miteinander in etliche vornehme Häuser, Fastnachtküchlein zu holen; darob denn die Leute sehr erschraken: nachdem man aber solche Gäste, der Gewohnheit nach, zu Tische gesetzet, hatten sie ihre erste Gestalt wieder, und man kannte sie; bald aber wurden sie abermal verändert und bekamen rechte Eselsohren, großmächtige Nasen u. s. f., das trieben sie bis in die Mitternacht hinein, da sie dann voll und toll nach Hause zogen.

Als am Donnerstag, den folgenden Tag, Doktor Faust noch immer seine Fastnacht hielt und die Studenten wieder beieinander versammelt waren, traktierte er sie wie des vorigen Tags, fing auch seine Gaukelei wieder an, und so kamen in die Stube herein dreizehn Affen, diese gaukelten so wunderbarlich, daß dergleichen nie gesehen worden: denn sie sprangen immer einer auf den andern und tanzten darnach in einer Reihe um den Tisch herum, dann sprangen sie zum Fenster hinaus und verschwanden.

Weil es aber damals fast den ganzen Tag über geschneit hatte und also ein dicker Schnee lag, rüstete Doktor Faust mit Zauberei einen schönen großen Schlitten zu, der hatte eine Gestalt wie ein Drache, auf dessen Haupt saß Faust selber und mitten innen die Studenten; dabei waren vier Affen, auf dem Schwanz des Drachen sitzend, die gaukelten aufeinander, ganz lustig zu sehen, unter welchen einer auf der Schalmei pfiff, der Schlitten aber lief von sich selbst, wohin sie wollten; dies währte lang in die Nacht hinein, mit solchem Klappern, daß einer vor dem andern nicht hören konnte, und sie gedachten sämtlich, sie hätten in der Luft gewandelt.

*

Doktor Faustus verbrachte indessen, je näher das Ende seines Bündnisses herzu nahete, je mehr und mehr nach Sankt Epikurs Regel, ein rohes, sicheres und wüstes Leben, daß er das tägliche Vollsaufen, Spielen und Buhlen für seine höchste Ergötzlichkeit hielt. Er sah aber zu dieser Zeit in seiner Nachbarschaft eine schöne, doch arme Dirne, welche vom Land herein in die Stadt gekommen und sich in Dienste bei einem Krämer begeben hatte; diese gefiel nun Doktor Faust über die Maßen wohl, daß er nach ihr auf allerlei Weise und Wege trachtete und sie zu eigen haben wollte. Die Jungfrau aber wollte niemals, was man ihr auch versprechen mochte, in seinen sündlichen Willen sich fügen, sondern sie blieb ehrlich und wollte nur von der Ehe hören. Dazu rieten dem verliebten Faustus denn endlich auch seine guten Brüder und Freunde: der Geist Mephistopheles aber, als er dieses vermerkte, sprach unverzüglich zu Doktor Faust: was er nunmehr, da die versprochenen Jahre bald zu Ende sein würden, aus sich selbst machen wolle? Er solle gedenken an seine Zusage und sein Versprechen, zudem, so könne er sich in keinen Ehestand einlassen, dieweil er nicht zwei Herren zugleich dienen könne. »Denn der Ehestand ist ein Werk des Höchsten, den wir Teufel aufs höchste hassen und verfolgen. Derohalben, Fauste, siehe dich vor: wirst du dich versprechen zu verehelichen, so sollst du gewiß von uns zu kleinen Stücken zerrissen werden. Denke doch bei dir selbst, wie der Ehestand eine so große und schwere Last auf sich hat und was jederzeit für Unlust daraus ist entstanden, Unruhe, Widerwillen, Zorn, Neid, Uneinigkeit, Sorge, Zerstörung der fröhlichen Herzen und Gemüter und was dessen mehr ist.«

Dem allen gedachte zwar Doktor Faustus eine Weile nach, er wollte aber doch auf seiner Meinung verharren, wendete auch das Rauhe heraus, und sagte dem Geist:»Kurzum, ich will mich verehelichen, es folge gleich daraus, was da wolle«, gehet damit hinweg und in seine obere Stube. Was folgte aber hierauf? Alsbald gehet ein großer Sturmwind seinem Hause zu, als wollte er's zugrunde werfen, es sprangen inwendig alle Angel der Türen auf, und ward das Haus voller Feuer. Doktor Faust lief die Stiege hinab, wollte die Haustüre suchen und davonlaufen, da erhaschet ihn ein Mann, der warf ihn zurück wie ein Ballen in die Stube hinein, daß er weder Hände noch Füße regen konnte; um ihn her ging allenthalben Feuer auf, gleich als ob er jetzt verbrennen sollte; er schrie in diesen Nöten zu seinem Geist um Hülfe, er sollte die Gefahr nur diesmal von ihm abwenden; dann wolle er versprechen, hinfort in allem nach seinem Willen zu leben.

Da erschien ihm der Fürst Luzifer ganz schrecklich und leibhaftig, so grausam anzusehen, daß Faust auch seine Augen vor ihm zuhielt und seines elenden Endes gewärtig war. Darauf ließ sich Luzifer also vernehmen: »Sage nun an, weß Sinnes bist du?« Doktor Faustus, ganz kleinmütig und erschrocken, auch mit zugetanen Augen, antwortet: »O du gewaltiger Fürst dieser Welt, verlängere mir meine Tage, du siehest, daß ich ein verkehrtes, wankelmütiges Menschenherz habe, daß ich auf andere Gedanken, welche dir zuwider sind, gefallen bin, hab aber das Werk noch nicht erfüllt; deswegen bitte ich dich, du wollest noch zur Zeit nicht Hand an mich legen, ich kann bald andern Sinnes werden.« Der Satan gab hierauf die Antwort mit kurzen Worten: »Wohlan, siehe zu, daß dem also sein möge, und beharre darauf, das sage ich dir bei meiner Gewalt«; und also verschwand er samt dem Feuer.

Damit nun der elende Doktor Faustus seinen Lüsten genügsamen Raum geben und er also des Verheiratens ganz und gar vergessen möchte, gibt ihm der Satan den Gedanken ein, wie er doch die schöne Helena aus Griechenland, von welcher noch heutigen Tags die Welt so viel zu sagen weiß, nicht allein sehen, sondern gar zu einer Liebsten bekommen möchte. Eines Morgens frühe forderte er deswegen seinen Geist zu sich und entdeckte ihm sein Vorhaben, mit der Bitte, es dahin zu bringen, daß hinfüro die schöne Helena, Königs Menelaus Gemahlin, um welcher willen die herrliche Stadt Troja zugrunde gegangen, in ebender Gestalt, wie sie im Leben gewesen, sein eigen werden möchte: welches denn der Geist zu tun versprach.

Des andern Tags meldet Mephistopheles dem Doktor Faust an,
daß er nun seinem Begehren ein Genüge zu tun bereit wäre und
ihm die schönste Griechin selbiger Zeit herbeischaffen wollte, mit
welcher er die folgende Zeit seines Lebens in aller Ergötzlichkeit
zubringen möchte: und folgte ihm also die Königin auf dem Fuße
nach, so wunderschön, daß Doktor Faust nicht wußte, ob er bei sich
selbst wäre oder nicht. Diese Helena erschien denn in einem köstlichen Purpurkleid, ihr Haar hatte sie herabhängen, welches herrlich
goldfarb schien, auch so lang war, daß es ihr bis in die Kniebeuge
herabhing, mit schönen, kohlschwarzen Augen, holdseligem Angesicht und lieblichen Wangen; sie war eine schöne, länglichte, gerade
Gestalt, und war kein Tadel an ihr zu finden. Als nun Doktor
Faustus solches alles sah und wohl betrachtete, hat diese verzauber-
te Helena ihm das Herz dermaßen eingenommen und gefangen,
daß er zur Stunde in heftiger Liebe gegen sie entzündet wurde und
mit ihr bald anfing zu scherzen, ja nachgehends sie wie sein eigenes
Weib hielt und sie so liebgewann, daß er schier keinen Augenblick
von ihr sein konnte noch wollte und also dabei alles Verehelichens
vergaß. Etliche Monate strichen indessen vorbei, als ihm einst von

ihr berichtet wurde, daß sie ihm ein Kind gebären würde. Faust hielt dieses für unmöglich, denn er wußte ja, daß sie keine natürliche leibhafte Person wäre.

Nachdem er aber gesehen, daß sie fast zu Ende des Jahrs von Geburtsschmerzen überfallen wurde, auch bald darauf eines Sohns genesen, erfreute er sich höchlich darüber und nannte ihn Justus Faust. Welcher aber hernach, nach seines Vaters elendem Tode, zugleich mit seiner vermeinten Mutter verschwunden.

III

Oben ist erzählt worden, wie Doktor Faustus einen jungen Menschen, der damals um Brot sang, jedoch eines fähigen verschmitzten Kopfes war, mit Namen Christoph Wagner, zu einem Famulus angenommen, dem er auch, weil er seine Verschwiegenheit mehr als einmal erfahren, seine meisten heimlichen Sachen, Schriften und Bücher nach der Zeit anvertraute; und weil jener sich allewege wohl in seines Herrn Kopf zu schicken wußte, ja zu dieser und jener Schalkheit seinem Herrn treulich half, hat ihn dieser sein Herr sehr geliebt und ihn als seinen Sohn gehalten.

Als sich nun die Zeit mit dem Doktor Faust ändern wollte, weil bald das vierundzwanzigste Jahr seiner Verschreibung zu Ende ging, berief er einen bekannten Notarius, daneben etliche gute Freunde aus den Herrn Studenten und vermachte in deren Gegenwart seinem Famulus Wagner Haus und Garten bei dem Eisentor in der Scheergasse an der Ringmauer: item, was an Barschaft, liegender und fahrender, an Hausrat, silbernen Bechern, Büchern, u.s.f. da war. Nachdem nun das Testament aufgerichtet und bekräftigt worden, berief er noch mal seinen Famulus zu sich, hielt ihm vor, wie er ihn in seinem Testament wohl bedacht hätte, dieweil er sich, solang er nun bei ihm gewesen, wohl verhalten und sonderlich seine Heimlichkeit nicht geoffenbaret hätte. Jedoch solle er noch überdies von ihm etwas bitten, er wolle ihm's gewiß nicht abschlagen. Da begehrte der Famulus seines Herrn Kunst und Geschicklichkeit und daß er ein solches Leben, wie Doktor Faustus geführt, auch zu führen möchte in den Stand gesetzt werden. Darauf antwortete ihm Doktor Faustus:»Wohlan, lieber Sohn, ich habe viel Bücher und Schriften, die ich mit Mühe und großem Fleiß zusammengebracht, diese nimm in acht, doch behalte sie bei dir und schaffe damit deinen Nutzen, studiere fleißig darin, so wirst du außer allem Zweifel das lernen und bekommen, was ich habe gekonnt und zuwege gebracht. Denn diese nekromantischen Bücher und Schriften sind nicht zu verwerfen, sondern in hohem Wert zu halten, obschon die Geistlichen solche verwerfen und nennen sie die Schwarzkunst und Zauberei, ein Teufelswerk: daran kehre du dich nicht, mein Sohn, brauche dich der Welt, und laß die Schrift fahren. Denn die Nekromantie ist eine hohe Weisheit und ist im Anfang der Welt aufgekommen, ja nur von den Allergelehrtesten getrieben und geübt worden, die auch dadurch bei aller Welt in großes Ansehen gekommen sind; forsche nur fleißig darin, die werden dich schon unterrichten, wie du auch zu solcher Kunst kommen und gelangen mögest. Darnach sollst du, mein lieber Sohn, wissen, weil meine versprochenen vierundzwanzig Jahre nach weniger Zeit werden zu Ende gelaufen sein, daß alsdann mein Geist Mephistopheles mir weiter zu dienen nicht schuldig ist; derohalben kann ich auch dir solchen nicht verschaffen, wie gern ich's gleich täte; jedoch will ich dir einen andern Geist, so du einen verlangest, zuordnen: halte dich nur nach meinem Tod fein bescheiden, sei verschwiegen und still, und ob man schon bei dir meine hinterlassenen Zauberbücher und Schriften von Obrigkeits wegen suchen wollte, so werden doch alle diejenigen, die solche zu suchen gesendet werden, also verblendet werden, daß sie deren keines nimmer finden.«

Nach dreien Tagen fragte Doktor Faust seinen Famulus, den Wagner, ob er noch willens wäre, einen Geist zu haben, der um und bei ihm wohnen sollte, und in welcher Gestalt er ihn gern haben möchte? Wagner antwortet hierauf mit Ja. »Mein Verlangen«, spricht er, »ist nach einem sittsamen und unbetrüglichen Geist; auch daß er die Gestalt eines Affen an sich haben möchte.« – »Wohlan«, sprach Doktor Faustus, »so sollst du den bald sehen.«

Zur Stund erschien ein Affe mittlerer Größe, der sprang behende zur Stube herein: da sprach Doktor Faust zu dem Famulus: »Siehe, da hast du ihn, nimm ihn hin, doch wird er dir noch zur Zeit nicht zu Willen werden, bis erst nach meinem Tod, und diesem gib den Namen Auerhahn, denn also heißet er. Daneben bitte ich dich, daß du meine Kunst, Taten und wunderliche Abenteuer, die ich bisher getrieben, wollest fleißig aufzeichnen, sie zusammenschreiben und in eine Historie bringen, dazu denn dir dein Geist Auerhahn treulich helfen wird: was du etwa vergessen haben möchtest, dessen wird er dich fleißig erinnern und in allem dir behülfliche Hand leisten. Allein offenbare solches eher nicht denn nach meinem Tod; ich weiß gar wohl, daß man meine Geschichten und Taten von dir allerorten her wird haben wollen.«

Doktor Faustus konnte leichtlich erachten, daß seine Abenteuer nach seinem Tod beschrieben und der Nachwelt überlassen würden, wodurch er denn einigermaßen in seiner Betrübnis wegen seines herannahenden erbärmlichen Endes getröstet wurde, daß er also doch einen Namen möchte überkommen. Solchen noch ansehnlicher zu machen, berief er seine Freunde, etliche Studenten, denen prophezeite er in Kraft seines Geistes von allerlei Veränderungen in geist- und weltlichen Ständen, welche inskünftig, nach seinem Tode, geschehen würden.

Solche Prophezeiung haben sie fleißig und mit Verwunderung angehöret, auch durch den Famulus Doktor Fausti von Wort zu Wort aufschreiben lassen, wie sie dieselbe denn auch hernach unter sich ausgeteilt und an andere Orte verschickt haben.

*

Die Glocke war nun einmal gegossen, und das Stundenglas Doktor Fausts lief nunmehr aus, denn er hatte nur noch einen Monat vor sich, nach welchem seine vierundzwanzig Jahre zu Ende waren. Über dieser Rechnung brach ihm der bittere Angstschweiß aus, und war ihm alle Stund' und Augenblick gleich als einem Mörder, der der Strafe des Todes, die ihm bereits in dem Gefängnis ist angekündigt worden, gewärtig sein muß: indem er nun solches beherzigte, gehet seine Stubentür auf und tritt herein Luzifer in selbsteigner Person, so ganz schwarz und zottig, gleich als ein Bär, der erhub seine gräßliche Stimme und sprach zu ihm: »Fauste, du weißt dich noch wohl zu erinnern, wie verstockt, ehrgeizig, auch gottesvergessen du im Anfang gewesen, und hast dich an Gottes Gaben nicht lassen begnügen, sondern bist oben hinausgefahren, hast mir auch keine Ruhe gelassen, bis du mich beschworest, dir in allem zu Willen zu sein; da mußt du nun selbst sagen und bekennen, daß solches dein Begehren dir durch mich ganz reichlich sei erfüllet worden, ja, daß ich dir ganz keinen Mangel gelassen, alle Wollust nach deines Herzens Begierde dir verschafft habe; ich bin dir in aller Gefährlichkeit beigestanden, du hast mehr gesehen und erfahren, denn je einer erfahren hat: ich habe dich hervorgezogen bei männiglich, hohen und niedern Standes, daß du allenthalben wert und angenehm wärest, das alles mußt du sagen und bekennen. Weil nun aber deine bestimmte Zeit der vierundzwanzig Jahre bald wird aus sein, wo ich mein Pfand nehmen und holen will, also kündige ich anjetzo dir meinen Dienst auf, den ich dir doch jederzeit treulich habe geleistet;

so halte du mir auch treulich, was du mir versprochen hast. Dein Leib und Seele ist nun mein, darein gib dich nur willig; und ob du schon wolltest hierüber unwillig werden, so beschwerest und kränkest du nur dein Herz desto mehr. Und so lade ich dich denn vor das Gericht Gottes, da gib du Rede und Antwort, weil ich an deiner Verdammnis nicht schuld habe; und wenn die bestimmte Zeit sich wird verlaufen haben, will ich mein Pfand hinwegnehmen und holen.«

Doktor Faustus konnte vor Schrecken und Herzensbangigkeit nicht wissen, wo er daheim wäre; und als er wieder zu sich kam, hub er mit leiser Stimme als ein verzweifelter Mensch an zu reden und sprach:»Ich hab solches alles gefürchtet, also wird es mir auch gehen; ach, ich bin verloren, meine Sünden sind größer, denn daß sie mir könnten vergeben werden.« Als nun inzwischen der Teufel verschwunden und sein Famulus, der Wagner, solches alles gesehen und mit angehört hatte, sagte dieser zu seinem Herrn: er sollte nicht so kleinmütig sein und verzagen, es wäre noch wohl Hülfe da, er sollte seine vertrauten Freunde, die um ihn schon eine geraume Zeit gewesen, beschicken, ihnen die Sache, wie sie wäre, entdecken, damit er von ihnen oder so sie nach Bedarf in der Stille einen gelehrten Magister mitbrächten, Trost aus der Heil. Schrift haben und nehmen möchte und, ob ja der Leib müßte eingebüßt werden, die Seele wenigstens erhalten würde. Dem antwortete der geängstigte Doktor Faustus bitterlich weinend und sprach:»Ach, was hab ich getan, wohin hab ich gedacht, daß ich wegen einer so kurzen Zeit, gleich als wegen eines Augenblicks, die Seligkeit habe verscherzt, da ich doch vielleicht auch mit andern Auserwählten der Himmelsfreude hätte genießen können! Wie hab ich doch so schändlich von wegen einer so kurzwährenden Wollust der Welt die unaussprechliche Herrlichkeit der ewigen Freude verscherzt! Es ist nunmit aus.« Und so wollte der elende Mensch verzweifeln, jedoch richtete ihn aufs möglichste sein Famulus auf und getröstete sich des bald ankommenden Beistandes der Studenten.

Als nun der Famulus zu einem und andern von den Studenten gegangen, ihnen in höchster Stille den ganzen Handel erzählt, sind sie darüber von Herzen erschrocken und hat keiner sich mehr zu Doktor Faust verfügen wollen, damit ihnen nicht auch ein Abenteuer begegne, denn sie wußten wohl, daß mit dem Teufel nicht zu scherzen wäre. Der Famulus aber hielt inständig an; damit nun der trostlose Doktor Faustus nicht gar ohne Trost gelassen würde, nahmen sie zu sich einen gelehrten Geistlichen, dem sie alles offenbarten, und baten ihn, daß er dem Doktor Faust, von welchem sie etliche Jahre her viel Freundschaft genossen hätten, recht gründlich aus der Heil. Schrift zusprechen und also dem Teufel begegnen möchte. Da diese nun, miteinander kommend, den Doktor Faust in der Stube auf seinem Sessel sitzend sahen, wo er wie ein wilder Stier sie ansah, die Hände zusammendrückte und oft seufzte, hatten sie alle ein herzliches Mitleiden mit ihm, und nachdem sie Sitze genommen, sprach der Magister zu ihm: Er solle solche Schwermütigkeit seines Herzens ablegen, es wäre ihm noch wohl zu helfen und zu raten; er solle nur mit festem Glauben und Vertrauen auf Gottes Barmherzigkeit und Christi teures Verdienst hoffen und also dem Satan Widerstand tun, weil Gott ja niemand ausschließe, sondern wolle, daß eben allen Menschen geholfen werde: und sprach ferner zu ihm, er solle sich fein vor Gottes Angesicht demütigen, sich für einen armen, großen Sünder bekennen und herzliche wahre Reue über die begangenen Sünden zeigen; und wenn denn gleich der Teufel käme;»wie er gewißlich nicht lange außen bleiben wird und Euch, Herr Doktor, anklaget und spricht: ›Siehe Fauste, du bist ein gar großer Sünder, du hast es mit deinen mutwilligen Sünden gar zu grob gemacht, darum mußt du verdammt sein und bleiben‹; so begegnet ihm und antwortet getrost: ›Ja, Satan, eben darum, daß du mich für einen so großen Sünder anklagest und kurzum verdammen willst, will ich nicht verdammt, sondern vielmehr selig werden; denn ich halte mich an Christum, der sich selbst für meine und der Welt Sünde dargeboten hat, darum wirst du, Satan, hier nichts ausrichten, wenn du mir die Menge und Größe meiner Sünden so genau vorhältst, mich damit zu schrecken und in Verzweiflung zu stürzen. Denn eben mit dem, was du sagst, wie ich ein allzugroßer Sünder sei, gibst du mir Waffen und Schwert in die Hand, womit ich dich gewaltig überwinden und alle deine Streiche vernichten will. Denn kannst du mir vorhalten, daß ich ein großer Sünder bin und Gott schwer und hoch beleidigt habe, so kann ich dir hinwiederum sagen, daß Christus für die Sünder gestorben ist, ja der ganzen Welt Sünde, also auch die meinige, auf sich geladen hat: denn der Herr hat alle unsere Sünden und Ungerechtigkeit auf Ihn gelegt, und um der Sünde willen, die sein Volk getan, hat er Ihn geschla-

gen; wie geschrieben stehet bei dem Propheten Esaja im dreiund-
fünfzigsten Kapitel.‹««

Diese und andere Tröstungen mehr hielt der Geistliche dem Doktor Faust fleißig vor, mit Anführung anderer Sprüche mehr, aus
dem Alten und Neuen Testament; sonderlich stellte er ihm die
Exempel der verrufensten Sünder, welche doch auf ihre Reue wieder bei Gott zu Gnaden gekommen, beweglichst vor: wofür ihm
denn Doktor Faust fleißig dankte, mit der Zusage, daß er dem allen
wolle nachkommen, sich damit zu trösten; zugleich bat er, daß der
Magister und die andern Herren öfters einkehren möchten, ihn zu
trösten, wo es anders bei ihm noch möglich wäre.

*

Als Doktor Faustus also wiederum in seinem Herzen Trost gefunden, in Erwägung der treuherzigen Vermahnung aus Gottes
Wort, legte er sich damit, zur Ruhe nieder, und sein Famulus blieb
bei ihm in der Kammer. Indem kommt der Teufel zu ihm vor das
Bett, schlug gleich anfangs ein großes Gelächter auf und sagte mit
lauter Stimme: »Mein Fauste, bist du einmal fromm geworden, ei,
so beharre darauf, schaue nur zu, was deine Frömmigkeit dir helfen
werde: Lieber, ziehe zu solcher deiner Frömmigkeit eine Mönchs-
kappe an, und tue stets Buße, es wird dir wohl not sein; denn du
hast es zu grob gemacht, und deiner Sünden sind mehr als der
Sandkörnlein am Meer. Lieber, wie magst du dich der Seligkeit
trösten, der du aller Sünden, Büberei und Schalkheit voll bist?
Willst dich trösten der Zuversicht auf Christum, so du doch jederzeit diesen gelästert hast: stelle gleich alle Zuversicht zu Gott, so
wirst du dennoch verdammt und fährst hinunter in die Hölle, das
ist dein rechter Lohn, und warten bereits viel Teufel auf dich; wo
bleibet deine Hoffnung auf Gott? Du heuchelst dir selber und dich-
test dir eine nichtige Hoffnung; während doch alles umsonst und
vergebens ist, es wird nichts daraus, hoffe, so lang du willst. Kannst
du dich auch deiner guten Werke rühmen? Links um, es ist zu spät
mit deiner Buße. – Noch eines, Fauste, sage mir die Wahrheit, was
gilt's, es ficht dich deine Seligkeit nicht so viel an, als wenn du be-
denkest, daß du bald sterben mußt und mußt die angenehme Woh-
nung der Welt verlassen, und mußt verlassen gute Freunde und

Gesellen: sollte es dich nicht betrüben und bekümmern, daß du von hinnen scheiden sollst? Sage, ist dem nicht also?«

Doktor Faustus schwieg still und gab darauf keine Antwort, brachte die Nacht zu mit schwermütigen Gedanken, und als es Tag ward, befahl er seinem Famulus, daß er den Geistlichen wieder mit sich brächte, welcher denn bald mit zwei Studenten kam. Als ihm nun Doktor Faustus, nachdem sie Sitze genommen, angesagt, was der Teufel in der vergangenen Nacht für ein Gespräch mit ihm gehabt, antwortete der Geistliche:»Ja, es ist wahr, der Teufel kann solche Stücke hervorbringen und will sich helfen. Wenn er denn wieder zu Euch kommt, so sprecht getrost: Hörest du, Satan, diese und jene Beschwerungen, meiner Seligkeit halber, hast du mir vorgehalten; ich bekenne, daß ich ein armer Sünder bin, daß ich ein schwer gefallener Sünder bin, aber die Barmherzigkeit Gottes, so er durch die Liebe seines Sohnes über alle hat reichlich ausgeschüttet, ist weit größer. Gott hat nie einen Sünder verstoßen, der ernstliche Buße getan hat, auch in der Stunde seines Todes nicht, wie den Schächer am Kreuz. So hab ich auch einen guten Herrn, einen solchen Richter, dem wohl abzubitten ist, einen getreuen Fürsprecher Jesum Christum, den Seligmacher, der wird mich vertreten bei seinem himmlischen Vater. Und daß du mir die Verdammnis vorwirfst, das ist bei dir nichts Neues, das ist dein altes Liedlein, du bist ein Lästermaul und kein Richter, ein Verdammter und kein Verdammer. Du wirfst mir auch meine bösen Werke vor: das bekenne ich, daß nichts Gutes um und an mir ist, aber von meiner Ungerechtigkeit fliehe ich zu meinem Gerechtmacher Jesu Christo, ja zu meinem Gnadenthron; in seine Hände und Barmherzigkeit befehle ich meine Seele. Und darum, mein Herr Doktor Faust«, sagte endlich der Geistliche,»seid ohne Sorge, und wenn der Teufel mit Disputieren wieder an Euch will, so haltet ihm mit dem Wort Gottes diese Streiche auf.«

Doktor Faustus hatte nun etliche Tage lang Ruhe vor dem Teufel; einst aber zur Nachtzeit kam ihn in dem Bette eine Angst an, daß er nicht wußte, wo er bleiben sollte: es kamen ihm allerhand verzweifelte Gedanken in das Herz (ohne Zweifel aus Eingeben des bösen Geistes) als: Es wird doch damit nichts sein, daß Gott mir sollte barmherzig und gnädig werden, ich hab es allzugrob gemacht mit meinen Sünden: Gott kann nicht gleich Sünde vergeben, wie wir meinen, es ist zu spät mit meiner Buße und Bekehrung; komme ich zur Vergebung meiner Sünde und zur Gnade Gottes, so werden gewiß auch die Teufel selig, zumal ich ja nicht geringere Stücke getan, denn was die Teufel selbst tun: zudem so ist das Büßen ja nicht wohl möglich, weil ich Gott meinen Schöpfer hab aufgegeben und alles himmlische Heer, denen habe ich abgesagt, dagegen mich versprochen, daß ich dem Teufel eigen sein wolle mit Leib und Seel'; dies ist nun eine Sünde gegen den Heiligen Geist, die nimmermehr kann und mag vergeben werden; darum kann ich nicht glauben, daß ich bei Gott wieder zu Gnaden könne kommen.

Mit solchen verzweifelten Gedanken schleppte er sich die ganze Nacht, und als er früh aufstand, schickte er zum drittenmal nach dem Geistlichen, meldete ihm, sobald er in die Stube getreten, die Ursache solches frühen Berufens und sprach:»Es ist mir leid, daß ich Euch, Herr Magister, so viel bemühe, denn ich besorge, daß keine Hülfe noch Rat bei mir wird Statt haben, daß ich doch verdammt sein und bleiben werde.« Der Geistliche, von Herzen erschrocken, erinnerte ihm viel aus der Heiligen Schrift, legte ihm nochmals die Exempel derer vor die Augen, welche Gott, obgleich sie sich schon schwer versündiget, wieder zu Gnaden angenommen: solche verzweifelte Gedanken, sagte er, wären lauter giftige Pfeile des leidigen Teufels;»solchergestalt hat er Euch gleichsam Tür und Tor zur Verzweiflung aufgetan; wo Ihr nun diesen unseligen Gedanken Raum gebet, so stehet die ewige Verdammnis und Hölle für Euch schon offen. Darum beileibe nicht also, verbannet vielmehr solche Gedanken aus Eurem Herzen, und lasset solche bei Euch nicht einwurzeln, denn sie rühren vom Teufel her, der machet Euer Herz betrübt und ängstiget es, gleich als hättet Ihr einen unerbittlichen Gott. Demnach, wenn solche Gedanken bei Euch aufsteigen, als wolle sich Gott Euer nimmer erbarmen, so sprecht: Teufel, siehe, kommst du abermal? Ich hab forthin nichts mehr mit dir zu schaffen, denn Gott betrübet nicht, schrecket nicht, tötet nicht, sondern ist ein Gott der Lebendigen, hat auch seinen eingebornen Sohn in diese Welt gesandt, daß er die Sünder nicht schrecken, sondern trösten solle; auch ist Christus darum gestorben und wieder auferstanden, daß er des Teufels Werk zerstörete, ein Herr darüber würde und uns lebendig machte. Derohalben sollet Ihr in solcher Schwermut und Anfechtung einen Mut fassen und gedenken: ich bin forthin nicht mehr eines Menschen, viel weniger des Teufels, sondern Gottes Kind, durch den Glauben an Christum, in welches Namen ich mich meiner heiligen Taufe erinnere: ich hab mir nicht Leib und Seele gegeben, sondern der allmächtige Schöpfer hat sie mir gegeben, darum hab ich auch nicht Macht, mich des Bundes meiner heiligen Taufe zu verzeihen. Auf diese tröstliche Erinnerung pochet, Herr Doktor, unverzagt, denket nicht zurück, was Ihr getan, sondern nehmet Euch vor, wie Ihr dem Teufel und seinem Eingeben möget kräftigen Widerstand tun mit dem Wort Gottes; und wenn Ihr zu Bette gehet, so sprecht: Ach, lieber Gott, ich bin freilich ein armer großer Sünder und finde nichts denn Ungerechtigkeit bei mir; aber dein lieber Sohn hat mehr Gerechtigkeit mir und allen bußfertigen Sündern mitzuteilen, als wir alle von ihm nehmen und begehren können, um welches willen du, getreuer Gott und Vater, mir wollest gnädig und barmherzig sein, Amen!«

Doktor Faustus legte sich nun von der Zeit an ziemlich wider den Teufel; denn ihm ward von einem seiner guten Freunde, der ein großes Mitleiden mit ihm hatte, die heilige Bibel in die Hand gegeben, ja darin die vornehmsten Machtsprüche bemerkt, daß er sie bald aufschlagen und daraus Trost schöpfen möchte. Dieses nun war dem Teufel nicht angenehm, und weil er ihm nicht anders beikommen konnte, versuchte er ihn davon abwendig zu machen, kommt deswegen nach etlichen Tagen auf einen Abend zu ihm und spricht:»Es ist nicht zu leugnen, daß dein Herz jetzt anders gerichtet ist, als es je gewesen, es fehlet auch nicht weit, du möchtest die Barmherzigkeit Gottes und was sein Wille ist ergreifen und zu solcher Erkenntnis kommen, aber eines fehlt dir noch sehr, dahin du nimmer denken wirst. Denn Gott hat Gute und Böse erschaffen, also bleibet es vom Anfang bis zum Ende der Welt. Denn du bist nicht erwählet zur Seligkeit, sondern bist ein Stück vom bösen Baum, und wenn du gleich alle Tugend und Frömmigkeit dieser Welt an dir hättest, so bist du doch nicht zum ewigen Leben versehen. Dagegen die, so auserwählet sind, ob sie schon Sünde getan und also sterben, so sind sie doch gute Bäume und im Anfang zu dem ewigen Leben versehen. Denn Gott hat Gute mit den Bösen erschaffen, dabei lasset Er's auch bleiben und nimmt sich der Menschen weiter nicht an, wie sie auch leben und sterben, bis zu dem allgemeinen Gerichte: wer denn zu dem ewigen Leben erkoren ist, der kommt darein, also ist es auch mit den Verdammten; darum ist es nichts mit deinem Vorhaben, daß du allererst um dich sehen willst, wie du möchtest in das ewige Leben kommen, so du doch von Anfang nicht dazu versehen bist.« Dieses war nun dem Doktor Faust eine seltsame Predigt und dachte solchem eine gute Weile nach, so daß er auch endlich sagte:»Es mag wahrlich wohl also sein, ich werde zu dem ewigen Leben nicht geboren sein, dieweil doch Firmament und Gestirn des Himmels ausweiset, was dem Menschen Gutes und Böses begegnen solle, und solche Exempel ereignen sich täglich, daraus geschlossen werden kann, wie Gott im Anfang sein Werk, alle Kreaturen, hat verordnet, daß solcher Lauf werde fortgehen bis an der Welt Ende. Nun ist der Mensch auch Gottes Kreatur, zum Bösen und Guten geneigt, wie ihn Gott dazu hat erschaffen, darüber ich jetzt nicht weiter reden will. Bin ich zum ewigen Leben versehen, so wird es sein müssen, wo nicht, so muß ich wohl wie andere dahinfahren.«

Als nun gleich des andern Tags, vielleicht aus Gottes Schickung, der Geistliche samt drei andern Studenten Doktor Faust besuchte, fand er denselben etwas freudiger in seinem Mut als früher, vermeinte demnach, der Trost aus dem Wort Gottes habe ein solches verursacht; allein er fand sich in seinem Wahn betrogen, da er vernahm, daß solches aus dem Gespräche, so der Teufel mit dem armseligen Faust von der ewigen Versehung gehalten, herrührte: daher der gute Geistliche wohl einsah, daß es fast mißlich sein würde mit dem Doktor Faust seiner Bekehrung halber, denn er gebe seiner Vernunft zu viel Raum und Statt, daß ihn daher der Teufel leichtlich gefangennehmen könnte. Darum sagte er, nachdem er Sitz genommen, zu Doktor Faust:»Er sollte seine Vernunft in solchen hohen Artikeln der Vorsehung Gottes nicht urteilen lassen, sondern sie unter den Glauben gefangennehmen und alles das aus seinem Sinne verbannen, was ihm der Teufel vorgeschwätzet habe. Denn«, fährt er fort,»menschliche Vernunft und Natur kann Gott in seiner Majestät nicht begreifen, darum sollen wir nicht weiter suchen noch erforschen, was Gottes Wille in diesem sei. Sein Wort hat Er uns gegeben, darin er reichlich geoffenbaret hat, was wir von Ihm wissen, halten, glauben und uns zu ihm versehen sollen, nach demselben sollen wir uns richten, so werden wir nicht irren; wer aber von Gottes Willen, Natur und Wesen Gedanken hat außer dem Wort, will mit menschlicher Vernunft und Wissenschaft aussinnen, der macht sich viel vergebliche Unruhe und Arbeit und fehlet sehr weit. Denn die Welt, spricht St. Paulus, erkennet durch ihre Weisheit Gott nicht in seiner Weisheit, auch werden diese nimmermehr lernen noch erkennen, wie Gott gegen sie gesinnet sei, die sich darüber vergeblich bekümmern, ob sie versehen oder auserwählet seien. Welche in diese Gedanken geraten, denen gehet ein Feuer im Herzen an, das sie nicht löschen können, also daß ihr Gewissen nicht zufrieden wird, und müssen endlich verzweifeln. Wer nun diesem Unglück und ewiger Gefahr entgehen will, der halte sich an das Wort, so wird er finden, daß unser lieber Gott einen starken, festen Grund geleget, darauf wir sicher und gewiß fußen mögen, nämlich Jesum Christum, unsern Herrn, durch welchen allein und sonst durch kein anderes Mittel wir in das Himmelreich gelangen mögen: denn Er und sonst niemand ist der Weg, die Wahrheit und das Leben. Sollten wir nun Gott in seinem Wesen und wie Er gegen uns gesinnet sei recht und wahrhaftig erkennen, so muß es durch sein Wort geschehen; und eben darum hat Gott der Vater seinen eingebornen Sohn in die Welt gesandt, daß Er sollte Mensch werden, allerdings uns gleich, doch ohne Sünde, unter uns zu wohnen und des Vaters Herz und Willen uns zu offenbaren.«

Dieser Trost des Magisters, nachdem er mit den andern Abschied von Doktor Faust genommen, wollte ebensowenig bei dem Armen fruchten als die vorigen, und mit bekümmerten Gedanken legte er sich damals auf den Abend ungegessen und ungetrunken zu Bette. Er hatte zwar bei sich in der Kammer seinen getreuen Famulus, den Wagner, aber tausenderlei Gedanken betrübten seine Seele, die ihn denn sobald, ob er's schon wünschte, nicht einschlafen ließen noch ihm Ruhe gönnten. »Ach«, sprach er ganz wehmütig, »du armseliger Mensch, du bist wohl mit allem Recht mit unter den Unseligen, da du alle Stunden den Tod erwarten mußt, während du doch noch viel gute Zeit und Stunden hättest erleben können! Ach, Vernunft, Mutwill, Vermessenheit und freier Will! O du Blinder und Unverständiger, der du deine Glieder, Leib und Seele so blind machest, blinder als blind! O zeitliche Wollust, in was Verderben hast du mich geführt, daß du mir meine Augen so gar verdunkelt hast! Ach, schwaches Gemüt, betrübte Seele, wo ist, wo bleibet deine Erkenntnis? O verzweifelte Hoffnung, da deiner nimmermehr gedacht wird! Ach Leid über Leid, Jammer über Jammer, wer wird mich daraus erlösen? Wo soll ich mich verbergen? Wohin soll ich mich verkriechen oder fliehen? Ja, ja, ich sei gleich, wo ich wolle, so bin ich gefangen.«

In solchen bekümmerten Herzensgedanken und Klagen genoß Doktor Faustus doch die Gnade, daß er einschlummerte und endlich recht einschlief; er schlief aber nicht so gar lange, als er von einem bösen Traum beunruhiget und wieder aus dem Schlaf gebracht wurde. Es träumte ihm, als sähe er in seine Kammer einhertreten mehr denn tausend böse Geister, welche sämtlich feurige Schwerter in den Händen hatten und ihn zu schlagen droheten, unter denen aber einer als der Vornehmste sich hervortat und mit erschrecklicher Stimme zu ihm sprach: »Nun, Fauste, sind wir bereit, dich einmal an den Ort zu bringen, von welchem du oft mehrere Wissenschaft zu haben verlangt hast, wir aber haben solches bis anher versparen wollen. Nun wirst du selbst sehen, was für ein mächtiger, großer Unterschied sein wird unter den Verdammten und den Auserwählten, welches dir etwa vor diesem ist gleich einer Fabel und einem Märlein gewesen.« Doktor Faust erwachte darob zur Stund und grämte sich heftig ob diesem Gesicht, denn er konnte sich leicht die Rechnung machen, was des Traumes Bedeutung sein werde.

Indessen vermehrte sein herannahendes elendes Ende von Stund' zu Stunde seine Herzensbangigkeit, daß er ganz still und einsam blieb, und war ihm nichts lieber als solche Einsamkeit, so daß er auch nicht mehr zugeben wollte, daß der Magister mit den andern Studenten, die alle ein herzliches Mitleiden mit ihm hatten und aufs wenigste seine Seele zu erhalten suchten, zu ihm kommen und ihn trösten sollten: und ob er schon zu unterschiedlichen Malen Trostsprüche aus dem Alten und Neuen Testament, welche der Geistliche vor etlichen Tagen ihm bemerkt hatte, aufschlug, so konnte er sich doch damit nicht trösten noch darauf ein einiges Wörtlein sich zu Herzen führen, sich damit zu stärken; sondern wenn ihm gleich ein Blick eines Trostspruchs vorleuchtete, so sagte er denn bei sich selbst: Ach, ach! das gehet mich nicht an. Nun begegnete ihm auch etliche Mal, weil er sich in die Einsamkeit zu sehr vertieft, voller Schwermut und Herzensbangigkeit war, auch keines Trostes fähig werden konnte, daß er nach Messern griff, sich damit zu entleiben; allein der Teufel ließ es nicht zu, und wenn Doktor Faust den

Selbstmord ins Werk richten wollte, so war er an den Händen gleich als lahm, daß er nichts vollführen konnte: und war ihm also in solcher seiner Einsamkeit wie einem Übeltäter oder Mörder, der in dem Gefängnis alle Stunden und Augenblicke erwarten muß, wann und zu welcher Zeit er seiner Übeltat Endurteil ausstehen solle.

Doktor Faustus hatte nur noch zehen Tage zu seinem erschrecklichen Ende, weswegen er an einem Morgen seinen Famulus, weil er bisher andere Gesellschaft nicht leiden mochte, zu sich vor sein Bett berief, gleich als wenn er nur von ihm Trost und Erquickung haben könnte, und ganz zaghaft und erschrocken zu ihm sprach:»Ach, lieber Sohn, was hab ich mir bereitet, daß ich so roh gelebt und mein gottloses Leben bisher also geführet habe! Was habe ich jetzt davon? Ich bringe nicht allein einen bösen Namen davon, sondern auch einen nagenden Wurm und böses Gewissen; ach! ich sollte zeitiger an das Ende, an mein Ende gedacht haben! Und wenn ich an solches gedenke, das nun nicht mehr ferne ist, so überläuft meinen Leib ein eiskalter Schweiß, ein Zittern und Zagen meines Herzens ist da, und wenn ich nun bald davonmuß und mein Leib und

Seele den Teufeln zuteil werden, so sehe ich alsdann vor mir das strenge Gericht Gottes, ich weiß nicht, wo ich aus oder ein soll: es wäre mir tausendmal besser, daß ich als ein unvernünftiges Tier wäre geboren worden oder doch in meiner zarten Kindheit gestorben! Nun aber, ach, nun ist's aus, Leib und Seele die fahren dahin, wohin sie geordnet sind.« Auf solches Wehklagen und Seufzen sprach sein Famulus, den seines Herrn jammerte:»Ach, Herr Doktor, warum seid Ihr doch fort und fort so schwermütig und kränket Euer Herz stets? Schaffet Euch einmal Ruhe, tut dem Satan Widerstand, denn dieser peiniget und martert Euch also: ich will's nicht mehr zugeben, daß Ihr so allein seid, sondern Ihr müsset entweder Leute um Euch haben, daß Ihr Euch mit ihnen ergötzet und sie Euch die melancholischen Gedanken vertreiben, oder Ihr müsset den Magister wieder zu Euch berufen, damit Ihr völligen Trost bekommet. Denn es ist ja kein Sünder so groß, er kann durch seinen Widerruf, herzliche Reue, Bekehrung und Buße zur Gnade Gottes kommen.« Doktor Faustus antwortete:»Mein lieber Christoph, schweige nur, ich bin nicht wert, daß gute, ehrliche Leute mehr zu mir kommen sollen, ich, der ich ein Leibeigner des Teufels bin; so will ich auch von keinem Trost aus der Schrift mehr hören noch wissen, sintemal es doch damit alles vergebens und verloren ist, mich zu bekehren: ich will mein Leben vollends mit Trauern, Seufzen und Wehklagen zubringen.«

*

Das Stundenglas hatte sich nunmehr umgewendet, war ausgelaufen, die bestimmten vierundzwanzig Jahre Doktor Fausts oder die Endschaft seiner Verschreibung war nun am nächsten: deswegen erschien ihm der Teufel abermal, und zwar in ebendieser Gestalt, wie er damals den verdammlichen Bund mit ihm aufgerichtet hatte, zeigte ihm seine Handschrift, darin er ihm mit seinem eigenen Blut seinen Leib und seine Seele verschrieben hatte, mit der Weisung, daß er auf folgende Nacht sein verschriebenes Unterpfand holen und ihn hinwegführen wollte, dessen er sich denn gänzlich versehen sollte: darauf der Teufel verschwand.

Wie dem Doktor Faust hierüber müsse zumut gewesen sein, läßt sich leichtlich denken; es kam das Bereuen, Zittern, Zagen und seines Herzens Bangigkeit mit aller Macht an ihn, er wandte sich hin und wieder, klagte sich selbst an ohne Unterlaß wegen seines abscheulichen und gräulichen Falls, weinte, zappelte, focht, schrie und grämete sich die ganze Nacht über. In solchem erbärmlichen Zustand erschien ihm sein bisheriger Hausgeist Mephistopheles zur Mitternachtszeit, sprach ihm freundlich zu, tröstete ihn und sprach: »Mein Fauste, sei doch nicht so kleinmütig, daß du von hinnen fahren mußt, gedenke doch, ob du gleich deinen Leib verlierest, ist's doch noch lang dahin, daß du vor dem Gericht Gottes erscheinen wirst; du mußt doch ohne das sterben, es sei über kurz oder über lang, obschon du etliche hundert Jahr, so es möglich wäre, lebtest: und ob du schon als ein Verdammter stirbst, so bist du es doch nicht allein, bist auch der erste nicht; gedenke an die Heiden, Türken und alle Gottlosen, die in gleicher Verdammnis mit dir sind und zu dir kommen werden. Sei beherzt und unverzagt, denke doch an die Verheißung unsers Obersten, der dir versprochen hat, daß du nicht leiden sollest in der Hölle wie die andern Verdammten.« Mit solchen und andern Worten wollte der Geist ihn beherzt machen und ihn etwas aufrichten.

Da nun Doktor Faustus sah, daß dem ja nicht anders sein konnte und daß der Teufel sicher sein Unterpfand nicht würde dahinten lassen, sondern auf die folgende Nacht es gewiß holen, stehet er frühmorgens auf, spaziert etwas vor die Stadt hinaus, und nach Verfluß von etwa anderthalb Stunden, nachdem er wieder nach Haus gekommen, befiehlt er seinem Famulus, daß er die Studenten, ehedessen seine vertrauten Freunde, noch einmal zu ihm in das Haus berufen sollte, er hätte ihnen etwas Notwendiges anzukünden.

Weil nun diese vermeinten, Doktor Faust würde sich vollends bekehren, nahmen sie den Magister mit sich. Als sie aber angekommen, bat er sie, daß sie sich doch sämtlich wollten gefallen lassen, mit ihm noch einmal in das Dorf Rimlich zu spazieren, denn daselbst wolle er sich mit ihnen lustig erzeigen, welches er etliche Zeit bisher unterlassen hätte.

Der Geistliche verließ auf diese Worte die Behausung des Doktors, denn es hatte ihn ein Schauder bei seiner Rede ergriffen. Die Studenten aber waren dessen zufrieden und spazierten miteinander dahin, hatten unterwegs allerlei Gespräche, und nachdem sie daselbst angelanget, ließ Doktor Faust ein gutes Mahl zurichten und stellte sich auf das möglichste mit ihnen fröhlich, daß sie also beisammen recht lustig waren bis auf den Abend, da sie alle, ausgenommen Faustus, wieder nach Hause begehrten. Doktor Faustus aber bat sie gar freundlich, daß sie doch wollten nur noch dieses einzige Mal die Nacht über in dem Wirtshaus bei ihm verharren, es wäre doch schon die Zeit zur Heimkunft zu spät, er müsse ihnen nach dem Nachtessen etwas Besonders vorhalten. Welches sie denn, weil es doch nicht anders sein können, ihm zusagten.

*

Als nun das Mahl und der Schlaftrunk vorbei waren, bezahlte Doktor Faustus den Wirt und bat die Gäste, sie sollten ein kleines mit ihm in die nächste Stube gehen, er hätte ihnen etwas Wichtiges zu sagen, welches er bisher hätte ihnen verborgen gehalten, das betreffe sein Heil und seine Seligkeit; mit solcher Vorrede, ohne ferneren Umschweif, fing er an und sprach:»Wohlgelehrte, Ihr meine liebe, vertraute Herren, daß ich Euch heute morgen durch meinen Famulus habe ersuchen lassen, einen Spaziergang hieher zu machen, und Ihr mit einer schlechten Mittag-Mahlzeit vorliebgenommen, auch auf mein Anhalten bei mir als auf die Nacht anjetzo verharret, dafür sage ich Euch schuldigen Dank; wisset aber zugleich, daß es um keiner andern Ursache willen geschehen, als Euch zu verkündigen, daß ich mich von meiner Jugend an, während ich von Gott mit einem guten Verstand bin begabt gewesen, jedoch mit solcher Gabe nicht zufrieden war, sondern viel höher steigen und über andere hinauskommen wollte, mit allem Fleiß und Ernst auf die Schwarzkunst gelegt, in welcher ich mit der Zeit so hoch gekommen, daß ich einen unter den allergelehrtesten Geistern, namens Mephistopheles, erlangt: jedoch solche Vermessenheit geriet mir bald zum Bösen und zu einem solchen Fall, wie er dem Luzifer selber widerfahren, da er um seiner Hoffart aus dem Himmel verstoßen worden. Denn als der Satan mir willig in allem meinem Vorhaben war, setzte er zuletzt mir zu, daß, so ich würde einen Bund mit ihm aufrichten und mich mit meinem eigenen Blut verschreiben, ich nach Verfluß von vierundzwanzig Jahren sein wollte sein mit Leib und Seele, dazu Gott, der Heiligen Dreifaltigkeit und allem himmlischen Heer absagen, Denselben nimmermehr in Nöten und Anliegen anrufen, auch alle diejenigen anfeinden, so mich von meinem Vorhaben abwendig machen und bekehren wollten: daß ich alsdann nicht allein mit hohen trefflichen Künsten begabt sein, sondern auch Geister um und neben mir haben sollte, die mich in aller Gefährlichkeit schützen und meinen Widerwärtigen zuwider sein müßten; dazu, und welches eben das meiste war, was ich auch in diesem Leben verlangte, Geld, gutes Essen und Trinken und tägliches Wohlleben, das sollte mir nimmermehr mangeln, ja, er wollte mich so hoch ergetzen nach allen meines Herzens Begierden, daß ich das Ewige nicht für das Zeitliche nehmen würde. Mit solchen übergroßen Verheißungen erfüllte er mir das Herz, daß ich bei mir gedachte: dieses Freudenleben ist gleichwohl nicht zu verwerfen, ob schon der Bund gottlos und verdammlich ist; so darf ich auch den Satan nicht länger aufhalten, denn sonst möchte ich um alle meine Kunst kommen, und er möchte von mir weichen: dazu so bin ich vorhin geneigt zum müßigen Leben; Fressen, Saufen und Spielen ist meine Lust, allein die Mittel dazu hab ich nicht, allhie könnte ich alles ohne Mühe überkommen. Käme es denn einmal dahin, daß der Teufel sein Unterpfand holen und haben wollte, müßte ich's wohl geschehen lassen, ich würde doch über die bestimmte Zeit nicht viel länger leben können; zudem so kann doch wohl die Zeit kommen, dachte ich, daß ich mich möchte bekehren, Buße tun und also die Barmherzigkeit Gottes ergreifen. Da denn ohne Zweifel der Teufel nicht wird gefeiert haben, sondern mich regieret und getrieben, daß ich also den Bund mit ihm aufgerichtet, Gott und der Heiligen Dreifaltigkeit abgesagt und mich ihm mit Leib und Seele verschrieben habe.«

»Es hat aber der Teufel, wie ich's bekennen muß, anfänglich mir eine geraume Zeit Glauben gehalten, mir alles dasjenige erfüllt und geleistet, was mein Herz begehret hat; doch aber hat er zuweilen gefehlt und mich in etlichen Sachen steckenlassen, mit Vorwänden, ich sollte selbst durch meine Kunst mich fortbringen; und da ich mich darüber beklagte, so hat er nur ein Gespött mit mir getrieben: bin also aus Vermessenheit und Wollust in solchen Jammer geraten, zum ewigen Schaden meiner armen Seele, daraus mir nimmermehr kann geholfen werden. Nun aber sind solche Jahre auf diese Nacht aus und verlaufen; da wird denn der Teufel sein Unterpfand holen und mit mir ganz erschrecklich umgehen; das alles wollte ich doch gerne ausstehen, wenn nur die Seele erhalten würde. Ich bitte Euch nun, günstige liebe Herren, Ihr wollet nach meinem Tod alle diejenigen, so mich geliebt und wegen meiner Kunst im Wert gehalten haben, freundlich grüßen und von meinetwegen ihnen viel Gutes wünschen: was ich auch diese vierundzwanzig Jahr über für Abenteuer getrieben, und meine anderen Geschichten, die werdet Ihr in meiner Behausung aufgeschrieben finden, und mein Famulus soll sie Euch nicht vorenthalten. Ihr wollet Euch anjetzt miteinander zur Ruhe begeben, sicher schlafen und Euch nichts anfechten lassen, auch so Ihr ein Gepolter und ungestümes Wesen im Haus hören und vernehmen werdet, wollet Ihr Euch darob nicht entsetzen noch Euch fürchten, denn Euch soll kein Leid widerfahren, wollet auch vom Bette nicht aufstehen; allein dieses möchte ich zu guter Letzt von Euch erbeten haben, daß, so Ihr meinen Leib findet, Ihr solchen zur Erde bestatten lasset. Gehabt Euch ewig wohl, Ihr Herren, und nehmet ein Exempel an meinem Verderben. Gute Nacht, es muß geschieden sein!« Auf solches Lebewohl traten die Gäste, einer nach dem andern, zu Doktor Faust, hatten ein herzliches Mitleiden und sprachen mit erschrockenen Herzen: »Herr Doktor, hiermit wünschen wir Euch auch eine gute Nacht, und zwar eine bessere, als Ihr vermeinet; wir bitten sämtlich nochmals, Ihr wollet Eures Heils und Eurer Seelen Wohlfahrt bei jetziger letzten Zeit wahrnehmen; und weil Ihr nicht anders glaubet, denn der Teufel werde diese Nacht Euren Leib hinwegnehmen, so rufet den Heiligen Geist um Beistand an, damit er Eure Seele möge regieren und zu einem unzweifelhaften Glauben an Christum bringen: diesem befehlet alsdann, wenn es je nicht anders wird sein können, Euren Geist in seine barmherzige Hände mit reuigem Herzen, sprecht mit dem König David: Ich harre des Herrn, meine Seele harret, und ich hoffe auf Sein Wort, denn bei dem Herrn ist die Gnade, und viel Erlösung ist bei Ihm.« Darauf sagte Doktor Faustus ganz weinend: »Ach, liebe Herren, ich will in meinem Herzen seufzen und ächzen, ob etwa mich Verlornen Gott wieder möchte zu Gnaden aufnehmen; aber ich besorge leider, daß nichts daraus werden dürfte, denn meiner Sünden sind zuviel.« Unter solchen Reden sank er gleich einem Ohnmächtigen hin auf die nächste Bank, darüber sie alle erschraken und sich bemüheten, ihn aufzurichten. In solchem Schrecken hörten sie im Haus ein großes Poltern, darob sie sich noch mehr entsetzten und zueinander sprachen: »Laßt uns von dannen weichen, damit uns nicht etwas Arges widerfahre, lasset uns zu Bette gehen«; wie sie denn auch solches taten. Da sie nun dahingegangen waren, konnte keiner aus Furcht und Entsetzen einschlafen, zudem, so wollten sie doch vernehmen, was es für einen Ausgang mit dem Doktor Faust nehmen würde.

*

Als nun die Mitternachtsstunde erschienen, da erhub sich plötzlich ein großer ungestümer Wind, der riß und tobte, als ob er das Haus zugrund stoßen wollte. Wem war nun ängster und bänger als den Studenten? Sie wünschten zehn Meilen von da zu sein und sprangen aus den Betten mit großer Furcht, da sie denn kurz darauf in der Stube, in welcher Doktor Faustus liegen geblieben, ein gräuliches Zischen und Pfeifen, als ob lauter Schlangen und Nattern zugegen wären, vernommen: noch mehr aber wurden sie bestürzt, da sie das Stoßen und Herumwerfen in der Stube hörten, den armseligen Faust zetermordio schreien, bald aber nichts mehr. Und es verging der Wind und legte sich und ward alles wieder ganz still. Kaum hatte es recht getagt und das Tageslicht in alle Gemächer des Hauses geleuchtet, da waren die Studenten auf, gingen miteinander ganz erschrocken in die Stube, um zu sehen, wo Doktor Faustus wäre und was es für eine Bewandtnis diese Nacht über mit ihm gehabt hätte. Sie kamen aber kaum dahin, so sahen sie bei Eröffnung der Stube, daß die Wände, Tisch und Stühle voll Bluts waren; ja, sie sahen mit Erstaunen, daß das Hirn Doktor Fausts an den Wänden anklebte, die Zähne lagen auf dem Boden; und also mußten sie augenscheinlich abnehmen, wie ihn der Teufel von einer Wand zu der andern müsse geschleudert und daran zerschmettert haben. Den Körper suchten sie allenthalben im Hause, fanden ihn zuletzt außerhalb des Hauses auf einem nahe gelegenen Misthaufen liegen, er war aber ganz abscheulich anzusehen: denn es war kein Glied an dem Leichnam ganz, alles schlotterte und war ab; der Kopf war mitten voneinander, und das Hirn war ausgeschüttet. Sie trugen also den Leichnam in aller Stille in das Haus und beratschlagten sich, was ferner anzufangen sei.

Als die Studenten des Doktor Fausts Leichnam gefunden und beiseits gelegt hatten, gingen sie zu Rat, wie es nun anzugreifen wäre, daß seiner letzten Bitte ein Genügen getan und sein Leichnam zur Erde möchte bestattet werden, und beschlossen zuletzt, daß sie dem Wirt ein Geschenk machen wollten, damit er schwiege und mit ihnen übereinstimmte, daß Doktor Faustus eines schnellen Todes wäre verstorben. Demnach näheten sie mit Beihülfe des Wirts den zerstümmelten Leichnam in ein Leintuch ein und meldeten dem Pfarrherrn des Orts, wie sie einem fremden Studenten hätten das Geleite gegeben, welchen diese Nacht ein schneller Schlagfluß getroffen, der ihn auf der Stelle seines Lebens beraubt; sie bäten den Herrn Pfarrer, er wolle es bei dem Schultheißen anbringen und um die Erlaubnis bitten, solchen allhier zu begraben, sie wollten alle Unkosten auslegen: wie sie denn auch dem Pfarrherrn einen Goldgulden gaben, die Sache zu befördern, weil sie sich allda nicht lang aufzuhalten hätten. Dieses wurde denn auch am selbigen Nachmittag ins Werk gesetzt. Es hat aber der Wind damals, als man den Leichnam begrub, sich so ungestüm erzeigt, als ob er alles zu Boden reißen wollte, da doch weder vor noch nach dergleichen verspürt worden. Woraus denn die Studenten schließen mochten, welch ein verzweifeltes Ende Doktor Faust müsse genommen haben.

Aber nachdem Doktor Faustus tot und begraben war, hatte seine arme Seele auf Erden noch keine Ruhe. Sein Geist regte sich, erschien zum öfteren seinem Diener Christoph Wagner und hielt mancherlei Gespräche mit ihm. Zu demselben kam auch Justus Faustus, des Doktor Faust und der schönen Helena Sohn, der selbst ein bildschöner Mensch war, der sprach ganz freundlich zu dem Famulus: »Nun, ich gesegne dich, lieber Diener, ich fahre dahin, weil mein Vater tot ist; so hat meine Mutter auch hie kein Bleibens mehr, sie will auch davon; darum so sei du Erbe an meiner Statt, und wenn du die Kunst meines Vaters hast recht ergriffen, so mache dich von hinnen, halte die Kunst in Ehren; du wirst dadurch ein hohes Ansehen überkommen.« Als er solches geredet, trat auch die schöne Helena herein, nahm ihren Sohn bei der Hand, und beide verschwanden also vor des Wagners Augen, der nicht wußte, was er dazu sagen sollte; so daß man sie hernach nimmer gesehen hat. Die Nachbarn aber gewahrten den Geist des Doktor Faustus bei Nacht oftmals in seiner Behausung im Fenster liegend, sonderlich wenn der Mond schien. Er ging auch in dem Hause herum, ganz leibhaftig, in Gestalt und Kleidung, wie er auf Erden gegangen war. Denn Doktor Faustus war ein höckeriges Männchen von dürrer Gestalt und hatte ein kleines graues Bärtlein. Zuzeiten fing sein

Geist im Hause ganz ungestüm an zu poltern, was viele Nachbarn mit erschrockenem Herzen hörten. Sein Famulus Wagner aber beschwur den Geist und verhalf ihm auf Erden zu seiner Ruhe. Und jetzt ist es in diesem Hause ganz friedlich und still.

Über tredition

Eigenes Buch veröffentlichen

tredition wurde 2006 in Hamburg gegründet und hat seither mehrere tausend Buchtitel veröffentlicht. Autoren veröffentlichen in wenigen leichten Schritten gedruckte Bücher, e-Books und audio-Books. tredition hat das Ziel, die beste und fairste Veröffentlichungsmöglichkeit für Autoren zu bieten.

tredition wurde mit der Erkenntnis gegründet, dass nur etwa jedes 200. bei Verlagen eingereichte Manuskript veröffentlicht wird. Dabei hat jedes Buch seinen Markt, also seine Leser. tredition sorgt dafür, dass für jedes Buch die Leserschaft auch erreicht wird.

Im einzigartigen Literatur-Netzwerk von tredition bieten zahlreiche Literatur-Partner (das sind Lektoren, Übersetzer, Hörbuchsprecher und Illustratoren) ihre Dienstleistung an, um Manuskripte zu verbessern oder die Vielfalt zu erhöhen. Autoren vereinbaren direkt mit den Literatur-Partnern die Konditionen ihrer Zusammenarbeit und partizipieren gemeinsam am Erfolg des Buches.

Das gesamte Verlagsprogramm von tredition ist bei allen stationären Buchhandlungen und Online-Buchhändlern wie z. B. Amazon erhältlich. e-Books stehen bei den führenden Online-Portalen (z. B. iBookstore von Apple oder Kindle von Amazon) zum Verkauf.

Einfach leicht ein Buch veröffentlichen: **www.tredition.de**

Eigene Buchreihe oder eigenen Verlag gründen

Seit 2009 bietet tredition sein Verlagskonzept auch als sogenanntes "White-Label" an. Das bedeutet, dass andere Unternehmen, Institutionen und Personen risikofrei und unkompliziert selbst zum Herausgeber von Büchern und Buchreihen unter eigener Marke werden können. tredition übernimmt dabei das komplette Herstellungs- und Distributionsrisiko.

Zahlreiche Zeitschriften-, Zeitungs- und Buchverlage, Universitäten, Forschungseinrichtungen u.v.m. nutzen diese Dienstleistung von tredition, um unter eigener Marke ohne Risiko Bücher zu verlegen.

Alle Informationen im Internet: **www.tredition.de/fuer-verlage**

tredition wurde mit mehreren Innovationspreisen ausgezeichnet, u. a. mit dem Webfuture Award und dem Innovationspreis der Buch Digitale.

tredition ist Mitglied im Börsenverein des Deutschen Buchhandels.

Dieses Werk elektronisch lesen

Dieses Werk ist Teil der Gutenberg-DE Edition DVD. Diese enthält das komplette Archiv des Projekt Gutenberg-DE. Die DVD ist im Internet erhältlich auf **http://gutenbergshop.abc.de**

Zeitfracht Medien GmbH
Ferdinand-Jühlke-Straße 7
99095 Erfurt, Deutschland
produktsicherheit@kolibri360.de